JOSETTE DALL'AVA-SANTUCCI

# GLOBULE
## LE VOYAGEUR ROUGE

Récit

Éditions AEDIS

ISBN : 978-2-38148-115-9

Illustration de couverture : Rémi Brugière
Dépôt légal : avril 2023

Imprimé en France

« Dans la vie, rien n'est à craindre,
tout est à comprendre. »
(Marie Curie)

À Julie et Jean-Baptiste,
qui m'ont toujours inspirée

À mes collègues
des Hôpitaux de Paris,
promotion Raymond Devos, 1995.

SOMMAIRE

# PRÉFACE

Comme tous les enfants, je fus une petite fille très curieuse, mais les « pourquoi » et les « comment » finissaient par lasser mon entourage. Que faire ? Se taire et chercher ailleurs, mais où ? Le déclic se fit à l'école primaire grâce à un documentaire en noir et blanc sur Marie Curie : on pouvait donc toute sa vie chercher à comprendre.

La lecture en terminale scientifique du petit ouvrage de Claude Bernard (contemporain de Pasteur), *Introduction à l'étude de la médecine expérimentale*, me décida pour la médecine. L'approche scientifique s'imposait, les études à Paris furent passionnantes, les progrès de la médecine constants dans ce demi-siècle hors du commun où les « centres hospitalo-universitaires » se développaient.

Pour moi, l'enseignement, la recherche et les soins se concentrèrent sur la respiration, passion qui ne m'a jamais quittée, en France comme à l'étranger. L'épidémie de Covid m'a donné l'occasion de partager sereinement avec les patients quelques savoirs utiles pour les aider à mieux connaître le fonctionnement du corps humain, en bonne santé ou touché par une maladie. Il s'agissait, par la connaissance mise à la portée de tous, de vaincre les multiples peurs liées à l'épidémie et de faciliter le dialogue avec les médecins.

Dans le présent ouvrage, j'ai choisi de donner la parole au petit globule rouge de notre sang, véritable « soldat inconnu » de la respiration. Comme tous les personnages de romans, il est vite devenu autonome et m'a entraînée dans des aventures incroyables, dans le ventre des mamans enceintes, au fond des mers, en montagne, en avion, dans des contrées exotiques, vers des amours improbables, vers le dopage de haut vol, dans la moelle des os, le cœur, les poumons et jusque dans la station spatiale internationale, à un rythme effréné sur les 100 000 km de vaisseaux que compte le corps humain. Enfin, la couleur rouge et le sang qu'elle symbolise m'ont conduite bien ailleurs, aux racines des civilisations où le sang versé est toujours présent.

La curiosité insatiable de *Globule, le voyageur rouge,* m'a permis de retrouver l'enfant que j'étais et qu'il faudrait ne jamais oublier.

# 1
# MOI, LE VOYAGEUR ROUGE

# CARTE D'IDENTITÉ

- NOM : Globule
- PRÉNOM : Rouge
- LIEU DE NAISSANCE

Moelle des os, dans laquelle je mûris progressivement en compagnie des globules blancs et des plaquettes impliquées dans la coagulation.

- DURÉE DE VIE

Cent vingt jours environ, mais, déjà cent jours, tous les hommes politiques savent combien cette durée est importante. Pour mes cendres, ce ne sera ni les Invalides ni le Panthéon, mais plus prosaïquement la rate, petit organe discret situé dans l'abdomen sous les dernières côtes à gauche.

- MORPHOLOGIE

Disque avec une zone centrale aplatie.

• TAILLE

7,5 microns. Je peux me glisser dans les plus fins vaisseaux du corps, que l'on appelle les « capillaires », car ils sont aussi fins qu'un cheveu.

• LIEU DE RÉSIDENCE

Mon pays est LE SANG, qui abrite environ 4 millions de mes semblables dans chaque millimètre cube soit un total d'environ 20 000 milliards de globules rouges (à comparer aux 8 milliards d'êtres humains sur la terre). Dans les 5 litres de sang du corps humain, nous occupons un peu moins de la moitié de ce volume (45 % environ), le reste étant un liquide appelé le « plasma ».

• COPROPRIÉTÉ : L'HÉMATOCRITE

Lors d'un prélèvement sanguin, si un tube reste positionné à la verticale, nous tombons dans la partie basse du tube : on peut alors voir une partie rouge (les globules) surmontée de plasma jaune clair transparent et visualiser, pour un tube de 100 ml, 45 ml de globules. Ce rapport de 45 ml pour 100 ml de sang s'appelle l'« hématocrite » (42 à 45 % en moyenne).

• PROFESSION

Transporteur d'oxygène et de $CO_2$ pour brûler les nutriments issus de l'alimentation. Pour générer de l'énergie dans le corps, je suis aussi indispensable que l'air pour brûler l'essence dans un moteur de voiture.

• DISTANCE PARCOURUE EN VINGT-QUATRE HEURES

Il y a environ 100 000 km de vaisseaux à parcourir nuit et jour, 60 fois par minute, soit 86 400 fois en vingt-quatre heures au minimum. Cela fait plusieurs fois le tour de la Terre ! Heureusement, nous sommes nombreux à nous partager les trajets allers et retours vers les organes. De plus, l'énergie nécessaire à nos déplacements est entièrement fournie par le cœur, notre premier partenaire, par lequel nous passons tous obligatoirement.

• SIGNES PARTICULIERS

Seule cellule de l'organisme à n'avoir pas de noyau, je suis formé de longues chaînes d'une protéine appelée « hémoglobine », repliées et recouvertes d'une membrane cellulaire. À cause de ce manque de noyau, je sens bien que je ne suis pas comme les autres : un vilain petit canard, en quelque sorte.

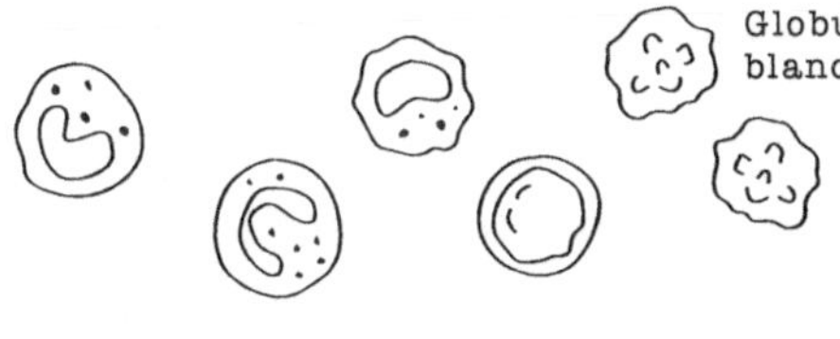


Les globules blancs me snobent : ils sont les fiers guerriers, ils luttent contre les microbes et sont le support de l'immunité, eux ! Et moi, je ne serais qu'un minable transporteur de seconde zone ? Mais savent-ils ce que des millions d'années d'évolution ont fait de moi ? Grâce à des trésors d'imagination, grâce à mon hémoglobine, j'ai mis au point des stratégies de transport et surtout de chargement/déchargement vertueuses, parfaitement ajustées et sans énergie dédiée. *Homo sapiens* n'a jamais su reproduire cette merveille de la nature, même avec l'intelligence artificielle, du moins pour le moment.

Je viens de loin, de très loin dans le temps et l'espace, bien avant les hommes. Aujourd'hui, on sait de moi que ma couleur rouge remonte à des millions d'années. Les quatre atomes de fer de l'hémoglobine en font un pigment qui absorbe toutes les longueurs d'onde, sauf le rouge. Voilà pourquoi le sang apparaît rouge et pourquoi on m'appelle **GR** comme **G**lobule **R**ouge. Sachez aussi que j'ai deux autres noms : érythrocyte et hématie.

— **GR** : S'il te plaît, dessine-moi une hémoglobine. Comment ça marche ?

— **La prof(LP)** : Dessiner une hémoglobine ? Ce n'est pas le plus difficile, mon petit. C'est une pelote de quatre longues chaînes de constituants protéiques, appelée « globine ». Chaque pelote maintient à sa surface une poche bien au sec, dans laquelle est fixée une petite molécule appelée « hème » contenant un atome de fer : c'est le berceau des molécules d'oxygène ou de $CO_2$, bien protégé par les chaînes de globine auxquelles il est amarré.

L'hémoglobine a longtemps intrigué les chercheurs. Enfermée dans la membrane du globule rouge, elle a eu un rôle de premier plan dans la longue histoire qui va des abysses marins à la vie sur la terre. On oublie trop souvent que la respiration n'est pas seulement le fait du poumon, mais aussi de la circulation du sang avec son transporteur d'oxygène, l'hémoglobine. Sans l'hémoglobine, l'oxygène et le $CO_2$ diffuseraient très lentement, comme chez les anciens animaux marins. Compte tenu de sa très faible efficacité, ce système n'aurait pu permettre l'émergence des mammifères pour marcher sur la terre.

La structure de l'hémoglobine, très ancienne, 600 ou 700 millions d'années, s'est remarquablement bien conservée tout au long de l'évolution des espèces. C'est dire combien cette molécule est importante pour la vie. Le plus difficile a été de comprendre son fonctionnement, qui paraît tenir de la magie tant il est merveilleux. Imagine un transporteur qui ferait des centaines de milliers de kilomètres par jour, sans personnel pour charger et décharger au bon moment ses molécules d'oxygène et de $CO_2$. Un transporteur qui profiterait d'un ralentissement de circulation, tant au niveau du poumon pour s'oxygéner qu'au niveau des autres organes pour récupérer automatiquement les déchets ($CO_2$). Un transporteur qui percevrait automatiquement les besoins en oxygène d'un tissus donné (y compris dans les muscles à l'exercice, très demandeurs) et qui adapterait très précisément ses livraisons.

— **GR :** Dis-moi, il faudrait beaucoup d'ingénieurs pour fabriquer tout ça aujourd'hui ?

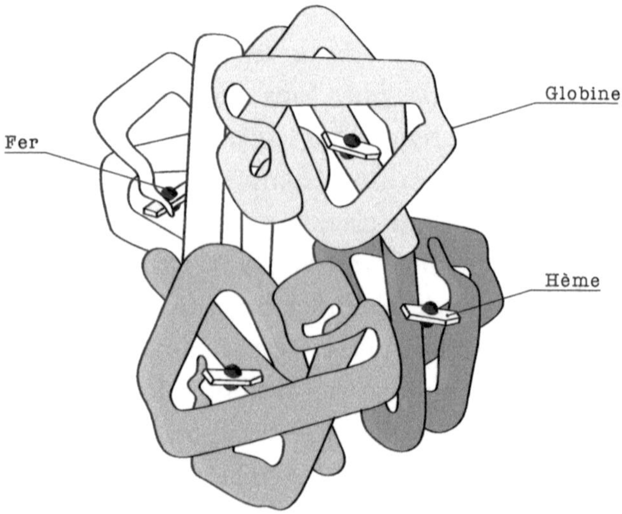


La pelote des 4 chaînes protéiques

— **LP :** Les tentatives n'ont pas manqué ces dernières années, mais pour l'instant il faut encore compter sur les dons de sang. L'intelligence de la nature, développée au cours des millénaires, peut d'ailleurs servir d'exemple à l'homme. En étudiant dans le sang, en laboratoire, le taux de « remplissage » du transporteur, taux appelé « saturation de l'hémoglobine en oxygène », les chercheurs se sont rendu compte qu'en effet ce système, même in vitro, était complètement automatique, résultant de la structure même de l'hémoglobine. On comprend mieux pourquoi elle a traversé des millions d'années... Autrement dit, plus les besoins en oxygène sont importants et plus il est livré en quantité adaptée, sans dépense d'énergie supplémentaire.

— **GR**: D'accord, j'ai bien raison de protéger jalousement mon hémoglobine. Mais j'ai quand même un petit problème: je n'ai pas de stocks d'oxygène, je travaille à flux tendu. Bon, d'accord, il y a une cousine, la myoglobine dans les muscles, qui fixe de l'oxygène, mais c'est très peu en fait...

— **LP**: C'est exact, contrairement à certains autres mammifères, nous n'avons quasiment pas de réserves en oxygène dans le corps humain. Par exemple, les dauphins et les baleines, mammifères marins, ont de grandes réserves d'oxygène dans leur myoglobine. Comme nous n'avons pas ces avantages, le manque d'oxygène dans le corps humain est une urgence vitale. Après environ une à deux minutes, le manque d'oxygène dans le sang (appelé hypoxémie) peut conduire au coma et devenir mortel. Il est donc très important de pouvoir mesurer l'oxygène dans le sang artériel en urgence pour éviter le pire. On peut le faire en prélevant du sang dans une artère du poignet, mais aujourd'hui les ingénieurs ont mis au point des appareils permettant de suivre l'oxygénation du sang artériel en fixant un capteur, une sorte de pince sur un doigt de la main : ce sont des oxymètres. Ces appareils mesurent en fait la charge du transporteur en oxygène par rapport au maximum possible de 100 %. La valeur normale de saturation* de l'hémoglobine est de 97 % ou 98 %. Lorsqu'elle diminue aux alentours de 92 %, il est urgent de prendre la décision d'une administration d'oxygène.

— **GR** : Pendant l'épidémie de Covid, je me souviens avoir vraiment paniqué : je croyais que c'était seulement une maladie du poumon, car j'avais moins d'oxygène disponible dans les alvéoles pulmonaires. Je prenais ce qu'il y avait, comme d'habitude, mais une charge limitée, des camions pas très pleins. Très vite, j'ai compris qu'il se passait autre chose : je ne pouvais plus circuler normalement, les autres se collaient littéralement contre moi et contre les parois des vaisseaux, nous étions agglutinés. « Hé ! Poussez pas... » Mais rien à faire, il y avait des embouteillages monstres...

Certaines fois, même, j'avais un bon chargement, ça allait plutôt bien côté poumons, mais impossible de fonctionner normalement dans les vaisseaux : de la fibrine qui m'emprisonnait comme dans les caillots, des

*Quantité d'oxygène transportée par l'hémoglobine par rapport au maximum possible, exprimée en pourcentage.

plaquettes partout, donc je perdais de l'oxygène dans tout ça, beaucoup de globules moins jeunes que moi tombaient comme des mouches. Beaucoup de camions endommagés. Que faire ?

— **LP** : Malgré les urgences et les hôpitaux saturés, les médecins du monde entier ont recueilli et partagé leurs données pour mieux comprendre cette maladie nouvelle. Parallèlement, toutes les grandes revues médico-scientifiques internationales ont fonctionné en libre accès gratuit, les révisions des articles par des experts ont fonctionné très rapidement, les publications ont vite donné lieu à des recommandations accessibles gratuitement dans plusieurs langues. Ainsi, au cours de la première vague, il est apparu assez vite qu'il pouvait y avoir des observations apparemment paradoxales : des patients qui respiraient plutôt bien arrivaient à l'hôpital avec un chiffre de « saturation » déjà gravement diminué du fait d'une sorte de coagulation dans les vaisseaux. L'utilisation d'anticoagulants et d'anti-inflammatoires s'est rapidement imposée quand est arrivée la seconde vague, et davantage de patients ont été sauvés. La surveillance de la saturation à domicile grâce aux oxymètres a sauvé des vies, car la décision d'hospitalisation et de mise sous oxygène était prise en priorité sur les données de l'oxymétrie. Parallèlement, des progrès rapides ont été faits dans l'administration d'oxygène à haut débit et dans la ventilation artificielle.

## LIEU DE NAISSANCE : LA MOELLE OSSEUSE

« Rappelle-toi d'où tu viens et tu entendras l'hymne de ta vie. »
(Sonia Lahsaini)

Les globules rouges sont fabriqués dans la moelle des os, processus qui nécessite des protides, du fer et de la vitamine B12. La plus grande partie des globules blancs et les plaquettes viennent également de là. La maturation dans la moelle est plus ou moins longue et, une fois matures, les cellules passent dans le sang.

— **GR** : Aujourd'hui, il est donc temps de me pencher sur mes origines : la moelle des os, c'est là que je suis né, après quelques étapes de formation. Je vois en effet que je partage ce lieu de gestation avec les autres cellules du sang : des globules blancs qui vous défendent et les petites plaquettes qui gèrent la coagulation.

— **LP** : Pour les hématologues, qui se penchent sur les cellules du sang et leurs maladies, elle fait intimement partie de leur spécialité puisqu'elle donne naissance aux cellules du sang. C'est un organe à part entière, même s'il n'apparaît pas délimité comme le foie ou les reins. Ce tissu dispersé dans tous les os du squelette a une véritable unité de fonctionnement.

— **GR** : Même si je ne me souviens pas très bien de ma vie dans la moelle, je peux vous dire qu'il y règne une incroyable effervescence. Ça ne circule pas, c'est spongieux, mais c'est l'agitation permanente, ça grouille de cellules provisoires, diverses et variées, à différents niveaux de maturité, qui ne passeront dans le sang qu'une fois bien constituées.

Dis-moi, tu t'y reconnais dans tout ce magma ?

— **LP** : C'est à la fin du XIX^e siècle que la fonction de la moelle des os a été découverte, à savoir la formation des cellules du sang. La moelle fabrique ainsi 2 à 3 millions de globules rouges par seconde ! Au tout début de la production se trouvent les fameuses « cellules souches », qui peuvent donner naissance à toutes les cellules du sang. Depuis, les connaissances se sont précisées par des progrès majeurs au cours du XX^e siècle, qui ont permis de comprendre et de traiter une maladie potentiellement mortelle : la leucémie (du grec *leukos,* « blanc ») ou « maladie du sang blanc ». Cette maladie reflétée dans le sang est en fait une maladie de la moelle qui, totalement déréglée, produit en très grandes quantités des globules blancs au détriment des autres cellules.

— **GR** : Est-ce qu'on trouve des cellules souches ailleurs dans le corps ?

— **LP** : Oui. On sait aujourd'hui qu'on trouve aussi ces cellules dans le cordon ombilical, d'accès plus facile, précieuses pour d'autres utilisations. On peut donc en prélever lors des accouchements, bien sûr avec l'accord de la mère.

— **GR** : Toutes les cellules de la moelle ont-elles des noyaux ?

— **LP** : Je vois où tu veux en venir, en fait, tu t'inquiètes à propos de toi-même ? C'est ça ? Rassure-toi, toutes les cellules de la moelle ont un noyau, y compris toi, jusqu'à tes dernières étapes de maturité. Sans ce noyau, il n'y aurait pas de chaînes de globine, qui comme toutes les protéines constitutives des cellules, sont formées à partir de l'ADN des gènes via l'ARN messager (ARNm).

— **GR** : L'ARNm, c'est celui dont on parle beaucoup à propos de certains vaccins ?

— **LP** : Exactement : le rôle de l'ARNm est de fabriquer des protéines. Dans le cas du vaccin, il s'agit d'un ARNm fabriqué spécialement en laboratoire. Injecté à l'intérieur du corps humain, il va faire fabriquer une protéine identique à la protéine Spike, la partie infectieuse du virus COVID-19. Celle-ci va constituer un « leurre » capable de faire produire de très grandes quantités d'anticorps qui protégeront d'une forme grave d'infection. Cette technique est beaucoup plus rapide que les méthodes classiques pour élaborer des vaccins.

— **GR :** O.K. Mais revenons aux globules rouges qui sortent de la moelle.

— **LP :** Regarde bien quand la circulation se calme un peu, quand elle ralentit dans les capillaires, tu peux peut-être croiser quelques globules rouges avec quelques restes de noyaux que les chercheurs ont repérés.

— **GR :** Merci mille fois, je ne savais pas, je ne les avais jamais remarqués. Mais alors, je ne devrais pas avoir honte de ne pas avoir de noyau ? En fait, je suis comme les autres cellules, mais vu l'importance vitale de l'hémoglobine dans le sang, j'ai sacrifié mon noyau pour faire un maximum de place pour elle ? Donc, dorénavant, je serai fier de cette différence. Mais dis-moi un peu : il paraît qu'il y a une autre moelle ? On en a beaucoup parlé pendant l'épidémie de la vache folle. De quoi s'agit-il exactement ?

— **LP :** Ça n'a absolument rien à voir, mais il vaut mieux quand même le préciser, tu as raison. Je pense que tu fais allusion à la moelle épinière, un simple homonyme. Elle est formée uniquement de fibres nerveuses. Comme elles sont très longues, elles cheminent dans la colonne vertébrale : tous les trous vertébraux sont alignés, si bien que ce tunnel est une véritable protection. Lors de l'épidémie de la vache folle, c'est le tissu nerveux qui était à risque, pas du tout la moelle des os, qui n'avait rien à voir.

## MA VIE DANS LE PLASMA

Le sang, ce « milieu intérieur » qui reflète la vie,
la santé et les maladies.

Le plasma est le liquide dans lequel baignent les globules rouges. On peut visualiser le plasma en laissant le sang dans un tube : les globules rouges vont tomber au fond et le plasma sera visible, jaune clair et transparent. Ce rapport de 42 à 45 % s'appelle l'« hématocrite ». Le plasma a une caractéristique exceptionnelle, en particulier chez les mammifères : son volume et sa composition sont constants.

Ceci permet à toutes nos cellules de vivre dans un milieu adapté malgré les fluctuations de notre alimentation ou de notre environnement. Par exemple, la concentration en chlorure de sodium (le sel) est de 9 g par litre. La mesure par le bilan sanguin de toutes ces « constantes » permettra de savoir si la santé du patient est menacée quand une ou plusieurs de ces valeurs s'écartent de la normale.

— **GR** : On pourrait penser que, une fois sorti de la moelle, ma vie dans le sang est un long fleuve tranquille, mais pas du tout. D'abord, ma vie est courte, cent vingt jours en moyenne, et j'assure mes transports 24 h/24 et 7 j/7 tous terrains, avec des routes et autoroutes semées d'embûches. Quand le corps est en bonne santé, ça va, je m'en tire plutôt bien, bondissant ici ou là dans le cœur, me prélassant dans les vaisseaux capillaires, visitant très souvent des organes différents, écoutant, indiscret, les dialogues entre les cellules, les organes et les tissus. Pas le temps de m'ennuyer. Finalement, quand la santé règne, je suis un globule heureux, libre de ma circulation et assumant mes responsabilités.

— **LP :** Tu vieillis tranquillement et après tes cent vingt jours, tu es en permanence remplacé par des nouveaux-nés. Ta descendance étant assurée dans l'abondance, tu peux partir tranquille : la moelle des os fabrique plusieurs milliards de globules rouges par jour. C'est la rate, petit organe spongieux, qui t'accueillera pour finir tes jours. De la taille d'un poing, elle est située dans l'abdomen sous les dernières côtes, à gauche. Tous les globules rouges y passent à chaque tour et la rate détecte et détruit ceux qui sont en fin de vie. Cette destruction libère l'hémoglobine, dont les résidus seront traités surtout par le foie et éliminés dans le tube digestif. Quant au fer, il est récupéré par la moelle des os pour la fabrication de nouveaux globules rouges.

— **GR :** Malheureusement, des maladies dues à des malformations génétiques de l'hémoglobine me touchent directement et me fragilisent : c'est la drépanocytose, répandue en Afrique, et la thalassémie sur le pourtour méditerranéen. Ces maladies vont diminuer ma durée de vie et, malgré le travail de la moelle des os, il y aura un manque de globules dans le sang appelé « anémie ». La difficulté que j'ai à livrer l'oxygène dans ces maladies entraîne aussi une grande fatigue chez mon hôte, qui devient bien pâle.

— **LP** : Les maladies générales peuvent te rendre la vie un peu difficile : artères rigides, dépôts calcaires et graisseux, caillots : tu dois te frayer un chemin parmi toutes ces embûches... Si chacun évitait de fumer, de manger trop de graisses ou de sucre et faisait régulièrement de l'exercice, tu serais parfaitement heureux.

— **GR** : J'ai aussi d'autres façons moins fréquentes mais plus intéressantes et plus utiles de mourir. Ainsi, pas plus tard qu'hier, j'étais dans une salle de travaux pratiques ornée de microscopes et d'étudiants rieurs qui se bousculaient. La manip, je la connais pas cœur, vu que depuis l'an de grâce 1666 on me colle assez souvent sous les puissantes lentilles d'un microscope.

Donc :

1. Avec une aiguille stérile, se piquer le bout du doigt. Une perle rouge surgit. Poser délicatement la goutte de sang entre lame et lamelle, puis ajouter avec une pipette une goutte d'eau distillée sur le bord : elle va diffuser vers les globules. Observer ce qui se passe. Comme la grenouille qui veut se faire plus grosse que le bœuf, je me mets à gonfler, gonfler, et patatras, j'éclate ! Voi-

là : c'est « donner la mort sans intention de la donner », comme disent les avocats. Les coupables pensaient juste me donner à boire ? Raté !

2. Recommencer avec une nouvelle goutte de sang en remplaçant l'eau par du sérum salé, dit « isotonique », flacon très commun dans les hôpitaux, qui pend en général au-dessus du lit des malades. Il contient 9 g de sel par litre. Attendre le même temps, ou plus si vous voulez : rien ne se passe. Je suis comme un poisson dans l'eau, mais plus proche de l'eau de mer que de l'aqua simplex de tout à l'heure. C'est comme dans le plasma, ma « petite mer intérieure », qui a résisté à des millions d'années d'évolution.

3. Dernière étape de la manip : une autre goutte de sang, mais cette fois dans de l'eau très salée : le sérum dit « hypertonique », avec une grosse étiquette rouge, à manier avec précaution. Je me sens progressivement très mal, je deviens « crénelé » sous la lamelle, je me ratatine, toute mon eau intérieure me quitte, je me déshydrate de plus en plus et me voilà encore mort sans sépulture. Mais… il faut savoir mourir pour la science.

— **LP :** Tu as d'ailleurs régulièrement ta minute de gloire, car ce thème revient souvent dans le concours de première année de médecine. Ce n'est pas de la magie, c'est l'osmose. Je t'explique : lorsque deux milieux liquides sont séparés par une membrane (ici celle du globule rouge), les particules salées en présence exercent une force d'attraction dite « osmotique », qui peut provoquer des mouvements d'eau si la force osmotique est modifiée d'un côté, ici à l'extérieur du globule sur la lamelle.

La réponse attendue est simple : les globules rouges évoluent normalement dans le sang, entourés de plasma. Ce liquide est modérément salé à 9 g/l et entoure toutes nos cellules dans nos tissus. Si nous pleurons, ce sont de chaudes larmes salées, et si nous transpirons, c'est ce même liquide salé qui s'élimine. Dans les deux autres situations, on a changé le milieu extérieur au globule dans un sens ou dans l'autre, d'où les mouvements d'eau fatals.

— **GR** : Mais c'est quoi, cette « mer intérieure » : ça me rappelle nos cousines, les cellules maritimes à l'origine de la vie. Non ?

— **LP** : La vie en effet est apparue d'abord dans la mer avec de microscopiques êtres vivants formés d'une seule cellule, sensibles à tout changement de leur environnement et donc fragiles. Au fur et à mesure de l'évolution des espèces, les organismes se sont compliqués : certains sont restés tributaires de leur environnement, subissant encore beaucoup de perturbations avec les changements d'alimentation, de température, d'hydratation.

Chez les mammifères, et donc chez l'Homme, Claude Bernard, contemporain de Pasteur, a découvert que divers mécanismes complexes mettant en jeu tous les organes permettaient à nos cellules de vivre tranquillement dans un environnement constant en température, en composition, en nutriments et en divers sels. Cette constance du milieu intérieur, qu'il a appelée « homéostasie », résulte de fines régulations, à savoir des corrections automatiques dès qu'un constituant du sang menace d'augmenter ou de diminuer : ainsi, l'équilibre, c'est-à-dire la santé, est reflété dans notre sang. Si on passe de la santé à la maladie, le sang deviendra en précurseur le miroir de la maladie qui se prépare ou qui s'aggrave, d'où l'intérêt du bilan sanguin pour détecter et suivre l'évolution des maladies.

— **GR** : Je me demande si l'intelligence humaine aurait pu inventer de tels systèmes de régulation ?

— **LP** : Par exemple, des mécanismes de régulation de la température à l'intérieur des bâtiments ont été mis au point par des ingénieurs, mais sans savoir que ce type de thermostat existait dans le corps humain. Nous avons nous aussi, et comme tous les animaux dits « à sang chaud », une température constante autour de 37,5 °C le matin. Plusieurs systèmes peuvent se mettre en route dès que cette température est dépassée dans un sens ou dans l'autre. Si néanmoins la température s'élève, il faudra chercher une cause à cette anomalie appelée « fièvre » ou « hyperthermie » selon les cas. La température peut aussi, plus rarement, être plus basse : c'est l'hypothermie, hantise des alpinistes.

— **GR:** Mais alors, tout ce qui se trouve et se dose dans le sang est aussi le résultat de plusieurs régulations de ce type?

— **LP:** Oui, c'est le cas de la glycémie (sucre dans le sang), du cholestérol, des sels minéraux, etc. Plusieurs organes peuvent coopérer pour régler une même constante, comme l'a montré Claude Bernard* par des expérimentations animales multiples. Il a dû lutter contre la logique de Descartes: en médecine, on ne peut pas seulement déduire, il faut expérimenter, ce qui est beaucoup plus long. Claude Bernard n'aurait jamais imaginé la portée de ses travaux dans la médecine d'aujourd'hui, plus de deux siècles plus tard. Ainsi vont les grandes découvertes, c'était un modeste et le prix Nobel n'existait pas encore.

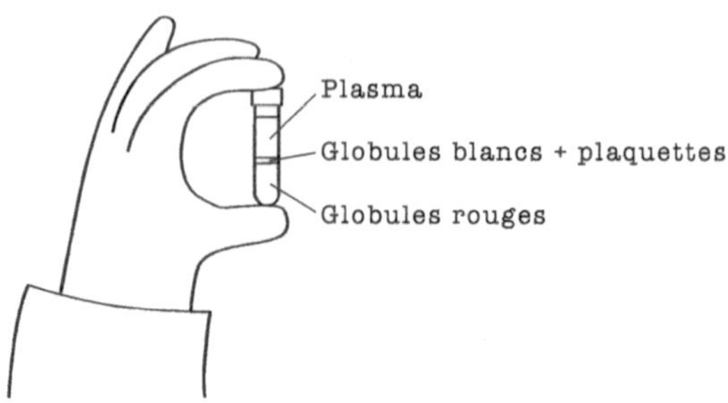


*Voir hommage à Claude Bernard, p. 191.

# 2

# L'INVITATION AU VOYAGE

« Mais, sur toute chose, ce qui me plaît en lui,
et en quoi il suit mon exemple, c'est qu'il s'attache aveuglément
aux opinions de nos anciens, et que jamais il n'a voulu comprendre
ni écouter les raisons et les expériences des prétendues découvertes de notre
siècle touchant la circulation du sang et autres opinions de même farine. »
(Molière, M. Diafoirus dans *Le Malade imaginaire*)

Le sang circule depuis toujours. Et pourtant, selon Aristote, philosophe et savant grec du IVe siècle av. J.-C., le sang contenu dans une sorte d'outre ne se répand que si on la perce. Cette théorie est reprise au IIe siècle ap. J.-C. par le grand Galien, qui fut le médecin de plusieurs empereurs romains. Son œuvre considérable sera enseignée en latin dans les universités européennes jusqu'au XVIIe siècle. Une bataille inédite va alors faire rage : en 1628, un médecin anglais, William Harvey, démontre par des dissections animales que le volume de sang est constant dans le corps et qu'il revient en permanence sur lui-même sous la propulsion du cœur, dans un espace clos : le système cardio-vasculaire.

En France, ce sera l'incrédulité totale : les universités ont été créées par le clergé au XIIe siècle, on y enseigne en latin les savoirs d'Hippocrate et de Galien.

Le doyen de la Faculté, Gui Patin, s'oppose à l'enseignement de la circulation du sang : « Je préfère me tromper avec Galien plutôt qu'accepter les théories de ce charlatan de Harvey ». Il surnommera ce dernier, avec ses détracteurs, le « circulator ». Molière s'est largement moqué des médecins-savants de la faculté qui « empêchent le sang de circuler ». La circulation du sang, théorie soutenue par Louis XIV, sera finalement enseignée par les chirurgiens qui ne parlent pas latin et ne sont pas admis à la Faculté, car toucher le sang est un interdit religieux. Ils se regroupent dans la confrérie de Saint-Côme et de Saint-Damien, qui deviendra plus tard une école : l'académie royale de Chirurgie.

Le sang circule en une boucle fermée en forme de « 8 » centré sur le cœur. Nous commencerons donc par là, en suivant d'abord sur la carte la « petite circulation », la boucle supérieure du huit qui part du cœur vers le poumon (voir la carte de la circulation du sang, en page 2 de la couverture).

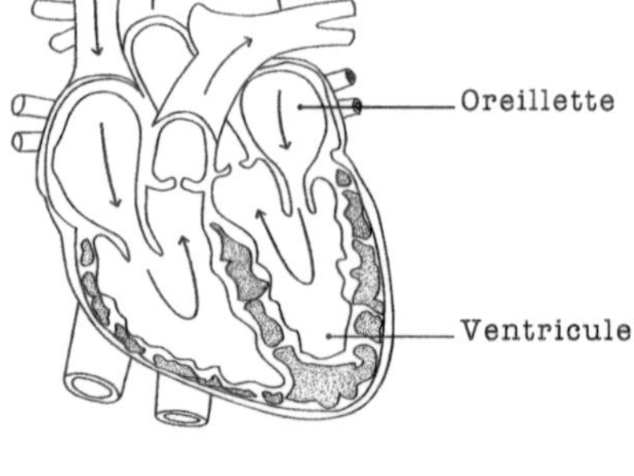

# DANS LE CŒUR DROIT

«À cœur vaillant, rien d'impossible.»
(Jacques Cœur)

Le cœur est séparé en deux parties qui ne communiquent pas. Le cœur droit envoie le sang vers le poumon pour aller chercher l'oxygène et éliminer le gaz carbonique. Globule le Rouge, avec son hémoglobine, assure le transport de ces gaz.

— **GR** : Où suis-je ? Probablement dans le tambour d'une machiavélique machine à laver qui ne s'arrête jamais, me bouscule, me malaxe, me frotte à mes congénères et aux autres : les globules blancs, les petites plaquettes, plus quelques anticorps circulants. Mais arrêtez, je proteste : je vous assure, je suis tout à fait propre ! Peut-être veut-on me décolorer ? Mais ça, non, c'est impossible, ça n'est jamais arrivé, quoi qu'on fasse. Mon hémoglobine est bien connue, elle est plus vieille que l'humanité, elle fait même la une de nombreuses annonces de films : vue à la télé, c'est tout dire !

Et puis, ce *poum tac* d'horloge, de programmateur, qui lui non plus ne s'arrête jamais : il prépare une explosion ou quoi ? C'est vraiment les autos-tamponneuses, ici, comment voulez-vous que je travaille ? Heureusement, ma peau est solide et je protège ma pelote d'hémoglobine quoi qu'il arrive, c'est tout ce que je peux faire dans ces furieux remous. Mon ange gardien : à l'aide !

— **LP** : Oui, petit, ne t'inquiète pas, me voilà ! Tu es chez toi, dans le cœur, au centre vraiment du corps humain, là où on croyait dans l'Antiquité que se trouvaient non seulement les sentiments, mais aussi la pensée.

Pourtant, c'est avec le cerveau que l'on pense et que l'on aime. Le cœur s'exprime si bien à sa manière que des millénaires de littérature et de poésie lui garderont longtemps encore sa noble réputation. Souviens-toi : « Rodrigue, as-tu du cœur ? » ou « Et puis voici mon cœur qui ne bat que pour vous. » Les poètes ont encore de beaux jours devant eux, rassure-toi.

— **GR** : Mais alors ?

— **LP** : Alors ? C'est un peu comme une machine à laver, à savoir un moteur, le muscle cardiaque (ou myocarde) des cavités faisant office de tambour (ventricules et oreillettes) et surtout en effet une sorte de programmateur très bien organisé.

Ce sont des groupes de cellules qui battent automatiquement, appelés le « tissu nodal ». Leur activité électrique spontanée peut même s'enregistrer sur quelques cellules isolées en laboratoire dans du liquide nutritif. Dans le corps humain, cela permet d'enregistrer l'électrocardiogramme (ou ECG). Les battements sont normalement réguliers, malgré plusieurs centres de commandement, grâce au cerveau, qui contrôle l'ensemble.

Le cerveau le plus primitif, dit « reptilien », permet un rythme régulier au repos et une adaptation efficace à l'exercice, au stress et aux émotions.

Avec le vieillissement des tissus, l'anarchie risque de s'installer : on peut voir apparaître les « troubles du rythme », que le cardiologue saura maîtriser le plus souvent à l'aide de médicaments. Si le rythme se ralentit vraiment trop, on peut implanter un stimulateur artificiel sous la peau (sorte de pile électrique) programmable pour une bonne adaptabilité. À l'inverse, le cœur peut battre très vite de façon particulièrement désordonnée. Il peut devenir totalement inefficace avec de minuscules contractions : c'est la « fibrillation auriculaire », qui menace la vie. C'est pour cela que des défibrillateurs* sont installés dans les lieux publics et ils ont déjà sauvé beaucoup de vies.

— **GR** : C'est très bien. Mais c'est par où, la sortie pour aller chercher mon oxygène ?

— **LP** : Je comprends ton impatience parce que tu es un peu fatigué : tu es dans le cœur droit, de retour de la grande circulation, ces autoroutes venant des organes qui t'ont délesté de ton oxygène et chargé en $CO_2$. Donc, tu cherches les poumons, c'est bien normal. Te voilà représenté en bleu dans tous les livres, propulsé

---

*Appareils électriques destinés à traiter la fibrillation cardiaque.

dans l'artère pulmonaire. Tout se ralentit, la vitesse diminue progressivement et déjà tu aperçois les poumons.

Tu vas pouvoir RES-PI-RER.

— **GR** : Le cœur droit ? Mais alors, il y a deux cœurs ? Le cœur droit pour les droitiers et le cœur gauche pour les gauchers ?

— **LP** : Pour les médecins, il y a en effet deux cœurs dans une même enveloppe, mais qui normalement ne communiquent pas entre eux, n'ont ni la même structure de parois ni la même fonction : rien à voir avec les droitiers et les gauchers. Le cœur droit propulse le sang dans la « petite circulation », essentiellement les poumons. Les pressions y sont basses, donc le cœur droit n'a pas de grosses résistances à vaincre et de longs trajets à accompagner. Les forces qu'il développe sont moindres et il est donc moins musclé et plus distensible que le cœur gauche. Autre grande différence : à droite, c'est du sang veineux (dit « bleu », peu oxygéné) venant des organes et se dirigeant vers les poumons. À gauche, c'est du sang artériel (dit « rouge », très oxygéné) qui ne doit pas se mélanger au veineux, sinon c'est la « maladie bleue » due à des malformations congénitales menaçant la vie.

Au contraire, les poumons fonctionnent par deux, un gauche et un droit, mais leur structure et leurs fonctions sont identiques, si bien qu'on parle parfois globalement *du* poumon. En fait, on peut vivre avec un seul poumon, l'autre s'adapte et finit par assurer la fonction respiratoire. Ainsi, autrefois, avant l'avènement des antibiotiques, on traitait des maladies graves comme la tuberculose en faisant de larges ablations de lobes pulmonaires, ce qui s'est pratiqué aussi pour des tumeurs. De même, les reins, qui sont également deux, sont identiques dans leur structure et fonction, si bien que l'on peut donner un rein pour une greffe à une personne proche sous réserve que la compatibilité des tissus soit optimale. Rien de tout cela pour les deux cœurs, l'un ne peut remplacer l'autre.

— **GR** : S'il vous plaît, qui a le monopole du cœur ?

— **LP** : Personne : si les cardiologues s'occupent beaucoup du cœur gauche et du rythme cardiaque, les pneumologues, eux, font grand cas du cœur droit.

— **GR** : Pourquoi ?

— **LP** : Parce que tout change en cas de maladies des poumons : des résistances à l'écoulement du sang s'installent et le cœur droit doit travailler à les vaincre. Il faut le surveiller, car il risque la surcharge et l'inefficacité : c'est « l'insuffisance cardiaque droite » avec toutes ses conséquences sur la mauvaise circulation en amont dans les autres organes (foie, membres inférieurs, etc.).

Pour les réanimateurs, le problème se complique. Un ventilateur artificiel pousse avec force de l'air dans les poumons, qui ne sont pas faits pour recevoir de telles pressions : cela s'ajoute aux éventuelles maladies pulmonaires. C'est pourquoi les réanimateurs sont devenus avec le temps les spécialistes quasi encyclopédiques de la connaissance du cœur droit.

## LA PETITE CIRCULATION

« L'air de Paris est si mauvais que je le fais toujours bouillir avant de respirer. »
(Erik Satie)

Après avoir été éjecté par le cœur droit vers l'artère pulmonaire, le sang entre dans les poumons où les vaisseaux deviennent de plus en plus petits jusqu'à former des « capillaires » aussi fins que des cheveux.

— **GR** : Mon hémoglobine trépigne comme un cheval proche de l'écurie : l'oxygène ne doit plus être très loin. La vitesse du sang diminue : c'est un peu comme au péage de l'autoroute. Pour assurer parfaitement les échanges complexes qui vont avoir lieu, le ralentissement est vraiment le bienvenu, mais pour éviter un embouteillage, il y a une multiplication de voies en parallèle, de plus en plus petites. Les capillaires sont si fins que moi, sans noyau, souple et aplati comme une galette, je peux me faufiler en me déformant, laissant à la porte les gros globules blancs, que je peux tranquillement narguer. À moi l'oxygène, molécule de la vie parce que je le vaux bien !

— **LP** : Oui, petit, tu le vaux bien. Tu es dans la petite circulation, qui traverse le poumon. Dans la paroi des alvéoles*, grâce à l'hémoglobine qui se trouve dans les capillaires, le sang est délesté de son $CO_2$ et se charge d'oxygène. Mais comment fais-tu ?

— **GR** : C'est tellement bien fait que pour moi c'est tout simple : mes petits wagons bien rangés à la queue leu leu dans l'hémoglobine ont des places bien marquées pour les molécules de $CO_2$ et d'oxygène. N'ayant pas moi-même d'usine de production d'énergie, j'utilise la force motrice locale, qui est la différence de pression d'un gaz, entre deux points. L'oxygène et le $CO_2$ vont donc voyager en sens inverse pour s'échanger, chacun selon ses différences de pression respectives. Mon hémoglobine, confrontée à la forte pression d'oxygène venant de l'air, va fixer l'oxygène et l'entraîner vers les cellules, où il est rare parce que consommé. Le $CO_2$, lui, aura laissé la place pour s'envoler dans le sens inverse des cellules, vers l'air ambiant pauvre en $CO_2$.

— **LP** : Donc, tu n'as pas d'énergie à fournir pour charger et décharger tes marchandises ?

*Petits sacs respiratoires situés à la fin des ramifications des bronches.

— **GR** : Exactement : pour circuler, j'ai utilisé l'énergie du cœur, et pour assurer chargement et déchargement, j'utilise des différences de pressions naturelles. Il a fallu des millénaires d'évolution pour ajuster finement tout cela. Le sang qui entre dans les capillaires est du sang veineux (représenté en bleu dans les schémas classiques), pauvre en oxygène et riche en $CO_2$. Le sang qui en sort est riche en oxygène et pauvre en $CO_2$ après un échange standard sur mes petits wagons, à travers la membrane qui sépare le sang liquide et les alvéoles gazeuses.

— **LP** : Oui, c'est la membrane dite « alvéolo-capillaire ». Si on étalait cette membrane, elle correspondrait à 70 $m^2$, un bel appartement, en somme ? Tout cela pour un retour bien oxygéné au cœur gauche par les veines pulmonaires et une distribution vers les organes par la grande circulation. Pour que tout cela fonctionne bien, il y a des mécanismes qui maintiennent le côté gazeux bien au sec. Il arrive cependant que, dans certaines maladies, du liquide, avec parfois quelques globules, arrivent dans les alvéoles : c'est l'œdème pulmonaire, qui va rendre la respiration difficile. Outre des médicaments appropriés, le malade devra respirer en position assise pour que le liquide, avec l'effet de la pesanteur, reste dans les parties basses des poumons, dégageant au maximum les alvéoles supérieures.

— **GR** : Mais d'où vient l'oxygène que je transporte ?

Où le poumon le prend-il ? Et le $CO_2$ que je rejette ne va-t-il pas polluer l'atmosphère ? Va-t-on me faire payer une « taxe carbone », à moi aussi ?

— **LP :** Rassure-toi, petit, tu ne risques pas les foudres du cerveau d'Homo sapiens, loin de là. Avant l'ère industrielle, et pendant des millions et des millions d'années, le $CO_2$ émis par les humains et les animaux a été en parfait équilibre avec l'environnement, la planète s'est bien portée. Nous consommons de l'oxygène et rejetons du $CO_2$ dans nos petites usines cellulaires, pour brûler les nutriments issus de l'alimentation. Les plantes font l'inverse, elles consomment du $CO_2$ et rejettent de l'oxygène quand elles utilisent l'énergie solaire et l'eau pour grandir : c'est la photosynthèse. L'Homme a rompu l'équilibre par des excès de plus en plus importants. Transports, alimentation industrielle, utilisation des énergies fossiles (pétrole, charbon) produisent de plus en plus de $CO_2$. En même temps, l'homme a détruit des millions d'arbres, « poumons de la planète », qui absorbaient le $CO_2$, notamment en Amazonie. La concentration du $CO_2$ dans l'atmosphère est ainsi passée en moins de deux siècles de 280 ppm (nombre de molécules de $CO_2$ par million) à 360 ppm, et l'augmentation continue.

— **GR :** Mais alors ? Homo sapiens est devenu fou ? Moi, je vois bien ce qui se passe dans le corps : le $CO_2$

combiné à l'eau donne de l'acide carbonique, qui ferait mourir les cellules si les poumons n'éliminaient pas le $CO_2$ en permanence. Les reins participent à l'élimination des acides par les urines quand c'est nécessaire.

— **LP** : Tu as raison, petit, tout cela s'appelle « l'équilibre acido-basique », finement régulé par la coopération des poumons et des reins. Quand les poumons ou les reins sont malades, c'est l'acidose avec un coma, qui nécessite un traitement en soins intensifs. Pour la planète, le $CO_2$ industriel conduit à la formation de pluies acides et nocives pour les sols et les mers.

— **GR** : Notre corps a les moyens de se défendre grâce à ses systèmes de régulations internes. La planète en revanche a besoin de changements dans nos comportements pour continuer à nous abriter. Tout se tient, je crois : santé humaine, santé animale, santé de la planète.

— **LP** : Entièrement d'accord : il faut de plus en plus raisonner « santé globale », faire travailler ensemble tous les scientifiques (médecins, vétérinaires, écologues, biologistes, météorologistes, sociologues), et casser les barrières entre les disciplines. Soyons optimistes : c'est en train de se mettre en place. En attendant, allons voir du côté des poumons, qui sont le passage obligé pour l'oxygène et le $CO_2$.

## LES POUMONS

« Ces ailes intérieures qui battent le temps vrai. »
(Paul Valéry)

Les poumons se situent dans la cage thoracique autour du cœur. Comme deux grandes ailes, ils se déploient et battent à un rythme d'environ 15 respirations par minute. L'air que nous respirons est un mélange gazeux constitué de 78 % d'azote et de 21 % d'oxygène, plus quelques traces de gaz carbonique ($CO_2$) et de gaz rares. L'azote apporte un volume de dilution, il n'est utile ni à la respiration ni à notre organisme. Au cours d'un mouvement respiratoire, le volume d'azote inspiré est intégralement rejeté lors de l'expiration. En revanche, l'oxygène est indispensable à la vie : la survie sans oxygène est de l'ordre de quelques petites minutes. La respiration sans oxygène ou l'absence de respiration constitue une urgence absolue et c'est pourquoi les ambulances de transport d'urgence (pompiers ou Samu) sont toutes équipées d'oxygène. Normalement, grâce aux poumons, l'oxygène est transféré dans la circulation sanguine. Le sang propulsé par le cœur l'emmène ensuite aux cellules.

À chaque respiration, on inspire par le nez ou la bouche. Les gaz respiratoires, oxygène et $CO_2$, vont passer dans les voies aériennes supérieures (nez, bouche, gorge), puis dans les bronches. Ce n'est pas qu'un simple lieu de passage, mais un lieu de réchauffement, d'humidification de l'air et de protection contre les impuretés, tandis que les alvéoles sont des lieux de brassage des gaz et d'échanges avec le sang.

Dans les bronches, l'air ambiant entre au cours de l'inspiration et est expulsé grâce à l'expiration. Les cellules bronchiques sont bordées de cils en perpétuel mouvement qui font remonter vers l'extérieur toutes sortes d'impuretés contenues dans l'environnement. Malgré cet « ascenseur » sanitaire, il peut se faire que des microbes se développent et causent des bronchites. Les fumées de tabac empêchent la mobilité de ces cils et favorisent la bronchite chronique. Une autre maladie très fréquente est l'asthme, qui atteint les dernières petites

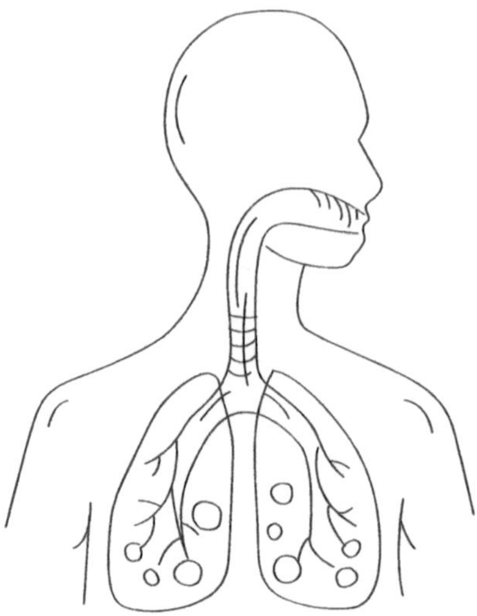

bronches (bronchioles), chargées d'emmener l'air dans les alvéoles : des composants allergisants comme les diesels et les pollens provoquent un rétrécissement du calibre des bronchioles, ce qui entraîne des difficultés respiratoires évoluant par crises. Des médicaments de plus en plus efficaces ont été développés, mais les pollutions aggravées de l'environnement en font une maladie encore très présente.

L'air est emmené tout au fond des alvéoles, disposées en grappes autour des bronchioles. Il y en a des millions et c'est là que l'oxygène arrive pour franchir l'étape très importante : le passage dans les vaisseaux capillaires à travers des interstices de la membrane qui sépare l'air et le sang. Finalement, comme un passe-muraille, l'oxygène trouve sa voie à travers des interstices dans les cloisons. Il croise au passage des molécules de $CO_2$ qui, elles, vont toujours suivre un chemin inverse.

— **GR** : Et moi, dans tout ça, je ne suis qu'un figurant ?

— **LP** : Mais non, petit globule rouge, tu sais bien que dès qu'on parle de transport sanguin c'est de toi qu'il s'agit, tu as le monopole. Ça t'intéresse de mieux connaître tes fournisseurs d'oxygène ?

— **GR** : Oui, bien sûr, j'ai justement une question. Qui commande les mouvements des poumons ?

— **LP** : Les poumons et le cœur sont enfermés dans la cage thoracique sous la protection des côtes. Il y a deux poumons, leur structure et leur fonction son identiques, même si l'un est divisé en trois lobes et l'autre en deux. La cage thoracique contient aussi des muscles et c'est justement eux qui, en se contractant 15 fois par minute, vont faire gonfler les poumons : c'est l'inspiration. Quand ils sont bien gonflés, les muscles se relâchent et les poumons se vident comme des ballons : c'est l'expiration, qui est un temps totalement passif, de repos pour les muscles.

Le muscle respiratoire le plus important est le diaphragme : il sépare la cage thoracique de l'abdomen. Quand le diaphragme se contracte, il s'abaisse, entraînant les poumons qui se gonflent. Les centres respiratoires se trouvent dans le cerveau primitif avec les autres commandes automatiques indispensables à la survie, à savoir les mouvements des poumons, du cœur et du tube digestif, et même pendant le sommeil. Le poumon peut réagir aux émotions : d'où l'expression « avoir le souffle coupé ».

L'Homme, contrairement aux animaux, peut modifier sa respiration. Petit miracle : cela est possible en faisant intervenir le cerveau supérieur très développé. Nous pouvons changer notre respiration par notre seule volonté, dans certaines limites de sécurité bien sûr. On peut par exemple arrêter sa respiration : c'est l'apnée, utilisée en plongée, par exemple, mais elle sera automatiquement limitée dans le temps par des systèmes de régulation (rupture de l'apnée quand elle devient dangereuse par accumulation de $CO_2$). Au contraire on peut respirer très lentement et très profondément : on parle de respiration « abdominale », car on fait intervenir les muscles abdominaux pour une expiration plus poussée. Cela favorise d'ailleurs la relaxation et un meilleur sommeil.

— **GR** : Et l'oxygène, dans tout ça ?

— **LP** : Dans les alvéoles, l'air arrive et renouvelle en permanence le gaz qu'elles contiennent. En respirant profondément, l'air va déplier les milliers d'alvéoles. L'oxygène continue son périple vers le sang, où l'attend son transporteur : l'hémoglobine. Le $CO_2$ voyage en sens inverse vers les bronches et l'air ambiant pour être éliminé à l'extérieur.

— **GR** : Mais s'il manque de l'oxygène ?

— **LP** : On appelle « hypoxie » le manque d'oxygène. Les poumons, commandés par le cerveau, vont être automatiquement forcés à inspirer davantage d'air pour compenser ce manque. Cela rend la respiration inconfortable, voire pénible.

La première cause d'hypoxie, et la plus fréquente, est une maladie du poumon lui-même. Le transfert de l'oxygène vers les alvéoles puis le sang va être difficile et l'hémoglobine repartira sans oxygène, ou pire encore, chargée de $CO_2$.

— **GR** : Que faire ?

— **LP** : On soignera la cause de la maladie bien sûr avec des médicaments adaptés. Mais l'hypoxie est une urgence ! Si les muscles respiratoires sont encore capables d'assurer leur fonction pour gonfler les poumons, on administrera de l'oxygène : c'est l'oxygénothérapie. Dans les cas graves, il faudra mettre le patient en communication avec une machine qui va pousser l'air dans les poumons : c'est la respiration artificielle, indispensable quand les muscles respiratoires sont épuisés. Cette méthode est née en 1920 lors d'une grande épidémie de poliomyélite, maladie contagieuse virale qui paralyse les muscles des bras et des jambes, mais aussi les muscles respiratoires. Elle a disparu définitivement grâce à la découverte dans les années 50 d'un vaccin maintenant obligatoire pour tous les enfants.

L'histoire des traitements de l'hypoxie, en perpétuelle évolution, a été illustrée récemment par l'épidémie de Covid. Les progrès ont été rapides au niveau des dispositifs reliant le malade à une source d'oxygène (tuyaux souples, masques plus étanches, dispositifs portatifs), mais aussi au niveau des méthodes de ventilation artificielle.

— **GR** : Moi, j'ai découvert aussi une petite solution naturelle si l'hypoxie dure longtemps : je vois que la moelle fabrique alors davantage de globules rouges, donc d'hémoglobine.

— **LP** : Petit malin : c'est vrai, je reconnais que fabriquer de nouveaux globules rouges est astucieux. On distingue en effet l'hypoxie aiguë, dont on vient de parler, de l'hypoxie chronique qui s'installe petit à petit dans des maladies comme la bronchite chronique, due au tabagisme, par exemple.

Dans ce cas, il y a davantage de globules rouges par millilitre de sang : c'est la polyglobulie, qui te permet en effet de transporter plus d'oxygène par millilitre de sang. On retrouve aussi ce mécanisme en altitude pour les personnes qui vivent au niveau de la mer et s'installent en haute montagne, où l'oxygène est raréfié.

— **GR** : Ha bon ? Mais je croyais qu'il fallait partir en montagne pour mieux s'oxygéner ?

— **LP** : C'est un peu plus compliqué que ça, nous irons plus tard en montagne, en avion… et même dans l'espace, si tu veux bien.

# LE CŒUR GAUCHE

« Et puis voici mon cœur qui ne bat que pour vous.
Ne le déchirez pas avec vos deux mains blanches
Et qu'à vos yeux si beaux l'humble présent soit doux. »
(Paul Verlaine)

Après le passage dans les poumons, le sang oxygéné revient vers le cœur, le gauche cette fois, qui se contracte fortement pour envoyer ce sang vers tous les organes.

— **Cœur Gauche (CG) :** Je me présente, je suis le cœur gauche et c'est moi qui fait voyager le globule dans la grande circulation. Je n'ai pas le monopole du cœur, d'accord, il y a aussi un cœur droit, mais je n'ai pas grand-chose à voir avec lui, si ce n'est que nous cohabitons dans la même enveloppe, appelée le « péricarde ». Nous nous contractons ensemble, soumis au même commandement central du cerveau. Enfin, quand tout va bien !

Contrairement au cœur droit, mon voisin, je contiens du sang artériel, bien rouge, bien oxygéné, de qualité supérieure, non ?

— **GR :** Vous êtes rouge, il est bleu, mais moi, je vous aime bien tous les deux. Reconnaissez que des fois vous me secouez beaucoup avec votre force légendaire ! Mais je vous pardonne, c'est pour la bonne cause.

— **CG :** Ne m'interrompez pas, impertinent petit globule. Personne n'a jamais coupé la parole au cœur, vu qu'il est le seul à émettre un son permanent quoi qu'il arrive, dans la vie du moins… C'est d'ailleurs peut-être pour cela que de tous temps j'ai été considéré comme le roi de tous les organes. Les anciens considéraient même que j'étais le siège de la pensée. Au Moyen Âge, avec l'amour courtois, je fus celui des sentiments. On sait maintenant qu'il n'en est rien, que tout se passe dans le cerveau, mais j'ai tout intérêt à entretenir cette idée obsolète. L'amour a été tellement chanté par les écrivains, les poètes et les musiciens que le cerveau n'est pas près de me détrôner. C'est un peu comme le lever et le coucher du soleil qui ne sont qu'une illusion d'observation, puisque c'est la Terre qui tourne autour du Soleil. Tu vois : même Galilée ne pourra jamais rien contre la poésie. Ma toute puissance ne risque rien.

Et n'oublions pas que j'ai été aussi le siège du courage. Il est incontestable que je suis musclé et utile quand il s'agit de combattre ou de fuir. Je peux alors, pour alimenter les muscles en urgence, augmenter mon débit de 5 litres par minute au repos et jusqu'à 36 litres par minute chez les grands athlètes.

— **GR :** S'il vous plaît, monsieur le cœur, je ne conteste pas que vous soyez bien le roi des organes dans tous les esprits et depuis longtemps, mais s'il vous plaît, ne détruisez pas tous mes efforts pour acquérir moi aussi un peu de notoriété… Des ingénieurs ont réussi à faire des pompes programmées comme vous, les machines à laver par exemple, mais pas des hémoglobines qui s'adaptent à toutes les perturbations de leur environnement : hypoxie, acidité, déshydratation, vie fœtale, altitude.

— **CG** : Laisse-moi t'expliquer. Le cœur droit est beaucoup moins musclé que moi : son rôle est de propulser le sang dans la petite circulation, moi dans la grande et parfois au milieu de résistances augmentées quand mon hôte a une « hypertension artérielle ». Dans l'ensemble, nous cohabitons bien, mais parfois nous nous comprenons mal.

Une question de rythme d'abord, comme souvent dans les questions de voisinage : il arrive que nous ne battions pas à l'unisson à droite et à gauche. Nous avons chacun notre petit ego, nous avons chacun des amas de cellules automatiques, le tissu nodal, chaque noyau peut battre pour son propre compte et parfois plus vite que ne le voudrait notre chef d'orchestre, le cerveau. Il nous arrive d'échapper à ses ordres, ce sont les troubles du rythme, assez fréquents, surtout chez les seniors. Parfois, au contraire, nous battons ensemble mais trop lentement. Heureusement, il existe aujourd'hui pour tout cela des méthodes de diagnostic et des traitements efficaces.

Autre trouble de voisinage : des questions de cloisons. Banal, me direz-vous ? Pas vraiment dans notre cas. Par exemple : avant la naissance chez le fœtus, les poumons ne sont pas fonctionnels et l'oxygénation se fait grâce au sang de la mère apporté par le cordon ombilical. La cloison qui me sépare du cœur droit est percée d'une ouverture, le « foramen ovale » qui disparaît à la naissance.

Parfois, le foramen ovale persiste même au bout de quelques semaines de vie. Aujourd'hui, ce type d'anomalie est détecté et traité rapidement par des cardiologues spécialisés, du moins dans nos pays riches. Dans les pays pauvres, le diagnostic est souvent porté trop tard à l'occasion de complications dues à la surcharge du cœur droit, qui ne peut se protéger de mes coups de boutoirs. Je lui envoie du sang bien oxygéné, mais plus qu'il ne peut en supporter. Le cœur droit finit par se fatiguer et mal jouer son rôle de propulsion vers les poumons.

Hélas, il y a pire : lorsque se combinent plusieurs malformations congénitales, il peut y avoir passage de sang veineux vers le sang artériel et les nouveaux-nés sont « cyanosés » à la naissance, leur peau apparaît bleuâtre. Autrefois, on parlait ainsi « d'enfants bleus » et leur espérance de vie était limitée. Grâce aux progrès médico-chirurgicaux, ces maladies peuvent être diagnostiquées et traitées très tôt, mais pas dans le monde entier.

— **GR :** J'ai bien du mal à m'y reconnaître, dans tout ça, mes ancêtres m'ont raconté de telles histoires. Je suis triste, surtout à la pensée de tous ces enfants, de tous ces parents.

— **CG** : Moi aussi, je suis triste. Je fais ce que je peux à la naissance pour que tout se mette en bon ordre, mais quand les malformations s'accumulent, je suis dépassé. Heureusement, ces malformations sont des maladies rares et des progrès formidables ont été réalisés dans ce domaine. Et le sais-tu ? Pour opérer des petits enfants des pays pauvres, il y a une association, « Mécénat Chirurgie cardiaque », qui recueille des fonds pour faire venir et opérer gratuitement ces enfants, avec des familles d'accueil qui se dévouent pour les recevoir chez elles bénévolement avant et après les opérations.

— **GR** : Oui, tu as raison, c'est un bel exemple et je souhaiterais encore plus de solidarité humaine entre les pays riches et les pays pauvres, pour les vaccins ou les médicaments aussi…

## LA GRANDE CIRCULATION

> « Pas besoin d'avoir du sang bleu dans vos veines
> pour avoir de la noblesse dans vos manières. »
> (Donachy Ladouceur)

Le cœur gauche propulse le sang vers tous les organes via l'aorte, véritable voie royale pour convoyer le sang oxygéné. Cela s'appelle la « grande circulation » : elle irrigue le cerveau, le tube digestif, le foie, les reins, la peau et surtout les muscles, grands consommateurs d'oxygène.

— **GR** : Je partage le travail avec tous mes congénères, l'aorte se divisant en plusieurs vaisseaux artériels de plus en plus petits pour irriguer tous les organes et leurs cellules. Quel que soit l'organe visité, nous faisons tous le même travail : le transport et la livraison de l'oxygène avec retours chargés de $CO_2$, résultant de la combustion des nutriments dans les cellules. Nous ne circulons jamais à vide !

Comme dans le poumon, la vitesse de circulation se ralentit dans des vaisseaux de plus en plus étroits et on terminera par de petits capillaires où auront lieu les échanges d'oxygène et de $CO_2$ entre le sang et les cellules. C'est l'opération inverse de celle qui se passe dans les poumons : ici, l'hémoglobine va déposer l'oxygène et se charger en $CO_2$, toujours sans énergie extérieure. L'hémoglobine utilise l'avidité des cellules pour l'oxygène, car celui-ci y est rare. Au contraire, l'abondance des molécules de $CO_2$ le pousse vers le chemin inverse.

— **LP** : Autrement dit, plus les besoins en oxygène sont importants et plus il est livré en abondance.

— **GR** : Tout à fait, mais nous ne parcourons pas tous l'ensemble de la circulation. Moi, par exemple, aujourd'hui je vais dans un rein : c'est un organe merveilleux, il élimine des déchets pour que le sang garde une composition constante en eau, sels minéraux et acides adaptée au bon fonctionnement des cellules.

En passant, je remarque les beaux « calices » formés par les voies urinaires, comme les lys d'un bouquet. Là se trouvent de longs et fins canaux urinaires en épingle à cheveux accompagnés de vaisseaux capillaires où seuls les globules rouges peuvent entrer pour accomplir leur tâche.

— **LP :** L'urine se concentre ou se dilue selon que nous consommons plus ou moins d'eau. Le rein effectue un tri entre les éléments qui doivent être récupérés par le sang et ceux qui doivent être éliminés dans les urines. En cela, il est aidé par le foie, qui élimine d'autres déchets par le tube digestif.

— **GR :** Pas plus tard qu'hier, j'étais dans la peau. Je précise tout de suite que la peau est imperméable aux liquides comme à l'oxygène et au $CO_2$ : c'est avant tout une zone de protection.

On entend souvent dire que la peau respire, qu'en penses-tu ?

— **LP :** Les échanges gazeux chez l'homme se font exclusivement par les poumons, mais chez la grenouille par exemple ils se font par la peau. Cette idée que notre peau respire se retrouve dans des livres anciens et a pu se transmettre par de fausses déductions.

Pour l'hydratation de la peau, il y a aussi une certaine confusion. Les crèmes que l'on dit « hydratantes » n'agissent que sur des cellules déjà mortes et permettent de mieux les éliminer. La peau dans toute son épaisseur s'hydrate surtout de l'intérieur et il est démontré que l'exercice musculaire par l'accélération de la circulation du sang est le meilleur moyen de garder une peau bien hydratée, bien oxygénée et bien nourrie.

— **GR** : La peau sert aussi à éliminer de la chaleur. Quand il fait chaud à l'extérieur ou quand le corps s'échauffe par l'exercice ou la fièvre, la sueur est sécrétée. C'est l'évaporation de la sueur qui élimine vers l'extérieur la chaleur en excès dans le corps.

— **LP** : C'est un bon moyen de maintenir constante notre température. Pour les animaux qui sont couverts de poils, c'est plus difficile, et le chien par exemple quand il fait chaud se met à l'ombre et halète pour éliminer la chaleur par une respiration rapide par la bouche.

— **GR** : Mais à travers la peau, on voit du sang bleu ? Pourquoi dit-on que les nobles ont le sang bleu ?

— **LP** : Le sang veineux est visible sous la peau en transparence. C'est dans ces veines superficielles, au pli du coude ou de la main par exemple, qu'aujourd'hui on prélève le sang pour des analyses biologiques. En regardant le tube, on peut voir que le sang n'est pas bleu : il est à peine plus foncé que le sang artériel, mais le filtrage par la peau lui donne une couleur bleutée. Sous l'Ancien Régime, les femmes et les hommes de la noblesse faisaient en sorte d'avoir la peau très blanche.

À la cour de Louis XIV, on n'hésite pas à utiliser des toxiques pour décolorer artificiellement la peau. Le blanc de plomb (céruse) en maquillage et l'absorption d'arsenic à faible dose font apparaître les veines et mettent en valeur le « sang bleu ». Les paysans au contraire sont exposés au soleil et aux intempéries, leur peau épaissie et brune trahit leur origine roturière.

Cette mode venue des grands d'Espagne, qui depuis le Moyen Âge se flattent de leur « *sangre azul* » se répand d'abord en Italie, puis en France. On dit même que certaines femmes se dessinaient de fins filets bleus sur la peau du visage, du cou ou des épaules.

En 1817, Stendhal, lors d'un voyage en Italie, entend une noble italienne demander à propos d'une autre femme « A-t-elle du sang bleu ? » et c'est lui qui introduira cette expression dans les salons parisiens. Adoptée par la bourgeoisie, cette mode perdurera jusqu'au milieu du XIXe siècle, bientôt détrônée par la mode du bronzage. Mais je dois te laisser aller vers les cellules, elles t'attendent, non ?

— GR : Oui, pour moi, c'est le mouvement perpétuel jusqu'au bout de la vie, c'est mon destin.

« La cellule fonde l'unité du vivant.
Tous les êtres vivants sont formés de cellules.
Ce qui est vrai pour le colibacille est vrai pour l'éléphant. »
(Jacques Monod)

— **GR** : Le but ultime de mon travail est d'apporter l'oxygène aux cellules pour brûler glucides, lipides et protides résultant de la digestion. Je récupère le $CO_2$ à éliminer en retour. Cela permet de générer de l'énergie pour que chaque organe puisse fonctionner au mieux. Finalement, tout ce périple à travers le cœur, les poumons, le cerveau et tous les organes n'a qu'un seul but : permettre la respiration cellulaire.

La petite cellule qui flotte dans l'eau des fleurs (la paramécie) ou les bactéries (comme le colibacille) n'ont pas besoin de tout cet arsenal pour respirer, mais avec l'évolution de plus en plus sophistiquée hors de la mer, c'est devenu nécessaire ?

— **LP** : Oui. L'évolution darwinienne a conservé l'unité du vivant, à savoir cette cellule primordiale. Tous nos organes sont constitués de petites cellules réunies en « tissus », que l'on peut voir seulement avec de puissants microscopes. Le sang va leur apporter de l'oxygène et des nutriments, à travers de très fins vaisseaux qui ressemblent à ceux du poumon et appelés aussi « capillaires ». Les cellules sont protégées par une membrane qui, suivant les organes, laisse passer différentes molécules, dans un sens ou dans l'autre. Mais toutes les cellules vont laisser passer trois molécules vitales : l'eau, l'oxygène et le $CO_2$.

Sans eau, les cellules se déshydratent comme une plante qu'on oublie d'arroser et meurent. Sans oxygène, elles meurent aussi, car c'est lui qui, combiné aux nutriments comme le glucose, fournit l'énergie. Mais cette réaction produit du $CO_2$ qui doit être évacué : il diffuse donc vers le sang, où il va prendre la place de l'oxygène sur l'hémoglobine pour faire le grand retour vers l'extérieur. Finalement, le $CO_2$ va servir aux plantes, qui fonctionnent en sens inverse et rejettent le précieux oxygène.

L'usine énergétique des cellules se trouve dans les mitochondries.

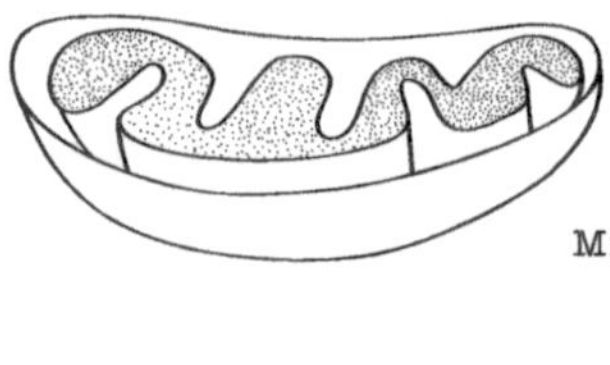

Mitochondrie

— **GR** : C'est quoi, les mitochondries ?

— **LP** : Ces petites structures allongées, à côté du noyau des cellules, ont été décrites à l'aide du microscope, avant que l'on connaisse leur fonction. Leur nom vient du grec *mitos*, « fil », et *khondros*, « grain »). Elles sont le siège du « métabolisme », ensemble des transformations biochimiques des aliments destinés à fournir de l'énergie ou de la matière pour le renouvellement permanent des cellules.

La dégradation des glucides fournit une énergie rapidement utilisable sous forme de glucose, soit directement, soit par les réserves stockées dans le foie (glycogène). Les cellules nerveuses ont absolument besoin de glucose pour fonctionner. Les muscles en revanche ont leur petite réserve de glycogène, mais ne peuvent pas la libérer dans le sang pour les autres organes. Toutes les cellules de l'organisme sont capables de générer de l'énergie sous une forme particulière appelée « ATP » (adénosine triphosphate) à partir de la dégradation de tous nutriments, glucides, lipides ou protides. C'est une sorte de monnaie d'échange universelle, utilisable et échangeable sans frontières, entre tous les organes.

Par exemple, le glucose, résultat final de la transformation des glucides, va entrer dans les cellules à travers les membranes. Dans les mitochondries a lieu la « respiration cellulaire », qui consomme de l'oxygène et rejette du $CO_2$. Exprimée en Calories, 1 g de glucose fournira 4 Calories. Les lipides, eux, bien que plus légers, fournissent 8 Calories par gramme.

— **GR:** Je sais bien que $CO_2$ + eau, donne de l'acide carbonique, sinon je n'aurais pas eu mon diplôme de transporteur. Mon rôle en éliminant très rapidement le $CO_2$ sous forme de molécules gazeuses est d'éviter que cette réaction n'ait lieu dans le corps avec une acidose potentiellement mortelle. Moi, petit globule de rien, cela fait des millions d'années que mon hémoglobine s'est formée pour cette lutte! Mais ce qui m'intéresserait, c'est de savoir ce qui se passe avec les lipides, car j'en vois passer un peu trop dans le sang en ce moment, même à côté de moi sur les parois des vaisseaux, il me semble.

— **LP:** Les lipides sont une forme de réserve plus difficile à mobiliser, car ils sont stockés dans les tissus adipeux, formant de petits bourrelets inesthétiques et dangereux pour la santé. Les lipides accumulés autour de la taille sont les mêmes que ceux que l'on trouve en dépôts dans les vaisseaux. D'où l'intérêt de la mesure du tour de taille, témoignant du risque cardio-vasculaire. Les lipides, comme les glucides, peuvent aussi fournir de l'ATP. Il vont entrer comme le glucose dans la chaîne respiratoire des mitochondries pour fournir de l'énergie. Ils sont essentiellement stockés sous forme de triglycérides (soit un atome de glycérol + trois chaînes d'acides gras) dans les cellules du tissu adipeux. On retrouve ces éléments dans le « bilan lipidique » prescrit par le médecin. De plus, il faut savoir que les cellules humaines sont capables de synthétiser des acides gras à partir du glucose : trop souvent, les patients à risque font très attention à leur consommation de graisses, mais compensent par des aliments sucrés sans savoir qu'ils se stockent aussi en graisse, source d'accidents vasculaires.

— **GR** : Et les protides, que je vois aussi circuler avec moi ?

— **LP** : Les protides s'insèrent dans toutes ces productions d'énergie, mais surtout dans la synthèse de matière. Ils doivent compter environ pour 15 % des apports (viandes blanches, œufs, poissons, fromages, légumes). Ils se décomposent lors de la digestion en leurs petites molécules constitutives, les acides aminés, avec des atomes d'azote, caractéristiques des protides. Les protéines servent d'éléments de base à toutes les cellules du corps (20 % du poids du corps, mais 75 % du poids des muscles). Leur rôle essentiel est de constituer l'architecture des cellules (la matière) sans cesse en renouvellement, en particulier les fibres musculaires. Les protides sont donc plus utilisés pour fournir de la matière que de l'énergie.

— **GR** : Mais si mon hôte est végétarien, végétalien ou végan ?

— **LP :** Elle ou il doit faire attention à consommer des protéines en quantité suffisante et surtout certains acides aminés, dits essentiels, que nous apporte une alimentation variée. Il faudra éventuellement les ajouter au régime, avec en plus quelques vitamines, elles aussi essentielles, qui risquent de manquer gravement. Par exemple, en cas d'effort prolongé et intense, avec une ration protéique insuffisante, certaines protéines vont emprunter une voie particulière qui peut conduire à consommer ses propres protéines musculaires. Cette voie doit donc rester exceptionnelle, car les muscles vont diminuer en volume et en force. Donc, attention au suivi médical dans les régimes déprotéinés.

— **GR :** À l'inverse, manger beaucoup de protéines vous permet d'avoir de beaux muscles ?

— **LP :** Objection, votre honneur : le corps n'aime pas les extrêmes. Attention aux régimes hyperprotéinés, qui ont encore des adeptes. En réalité, une fois les besoins de base couverts, un apport supplémentaire de protéines ne sera efficace que s'il s'accompagne d'une pratique intense de l'exercice. C'est à ce prix que le volume musculaire augmentera.

Enrichir son alimentation en protéines sans contrôle médical peut avoir des conséquences graves pour la santé. La production accrue d'acides aminés (constituants des protides) va augmenter considérablement le travail d'élimination des acides par les reins et provoquer une insuffisance rénale à plus ou moins long terme. Donc, là aussi il faut un suivi biologique et médical.

## LE RETOUR VEINEUX

> « Prenez garde, mes fils, côtoyez moins le bord,
> Suivez le fond de la rivière,
> Craignez la ligne meurtrière. »
> (Jean-Pierre Claris de Florian, *La Carpe et les carpillons*)

Le retour veineux, c'est la dernière partie du grand huit que réalise le sang qui circule. C'est l'éternel retour, puisque ce grand manège tourne pendant toute la vie, et des générations de globules avec lui. Les vaisseaux sont pleins de sang dit « bleu » ou « veineux » revenant des organes.

— **GR** : Le sang est passé par les usines cellulaires et mon hémoglobine se retrouve délestée de son oxygène et chargée de $CO_2$, déchet à éliminer. Je n'ai évidemment plus assez d'énergie pour aller directement au poumon pour de nouveaux échanges. Je repasse par le cœur droit, dont la contraction me projettera vers le poumon. Parfois, j'ai l'impression qu'il m'est difficile de revenir des pieds vers le cœur de mon hôte ?

— **LP** : En effet, sur Terre les forces de pesanteur, l'attraction terrestre sur l'être humain debout font que le sang a tendance à s'accumuler vers la partie basse du corps avec risque de caillots. Des valves sur les grosses veines s'opposent à cet effet et les contractions des muscles par l'exercice favorisent le retour veineux vers le cœur. Par exemple, chez les personnes qui travaillent beaucoup debout et sans exercice, cette circulation peut se faire très mal.

Dans le cas de vols internationaux de longue durée, même la position assise prolongée peut conduire à des caillots et on conseille des bas de contention pour voyager et des exercices des jambes pour actionner la « pompe musculaire ». Dans le cas d'une position couchée prolongée après une immobilisation sous plâtre, des caillots risquent aussi de se former, c'est pourquoi les médecins prescrivent des anticoagulants pour éviter la thrombose veineuse, c'est-à-dire l'obstruction de la circulation. Cela permet d'éviter une conséquence particulièrement grave : la migration de petits caillots vers le poumon, créant une embolie pulmonaire.

— **GR** : Ah, ça, je connais bien, nos parents nous disent comme la carpe à ses carpillons de faire attention à ne pas se retrouver sur les bords, pris dans un thrombus collé à la paroi. Disons que lors d'une coupure, par exemple, un caillot va se former pour éviter le saignement, c'est bien normal, cela évite aux globules rouges de disparaître et de mourir en-dehors du corps. Donc, merci à mes petites cousines les plaquettes, cellules spécialisées dans la coagulation, aidées par la fabrication de la fibrine pour solidifier l'ensemble.

En revanche, quand nous, pauvres globules rouges, sommes pris brutalement dans un thrombus, dans un magma de fibrine et de plaquettes à l'intérieur des vaisseaux sans plus pouvoir jouer notre rôle de transporteur, c'est frustrant!

— **LP**: J'entends bien, petit, mais tu m'as interrompue: j'en étais au retour veineux parfois difficile et je voulais, à toi qui es toujours curieux, te dire un mot des pilotes d'essais. Les pilotes des avions de chasse sont soumis lors de certaines manœuvres de descentes très rapides à une augmentation de l'attraction terrestre (g). Le sang peut ne plus arriver au cerveau et cela produit le fameux «voile noir», suppression brutale et transitoire de la vision, hantise des pilotes. Pour éviter ce phénomène, on utilise des sortes de manchons pressurisés autour des jambes, appelés «pantalons anti-g», qui minimisent ces effets dangereux.

— **GR**: Mais alors, dans l'espace, sans pesanteur, c'est beaucoup mieux?

— **LP**: Pas vraiment, hélas! Le sang alors remonte un peu trop facilement vers le haut du corps, ce qui donne parfois aux cosmonautes sur les photos un cou et un visage bouffi. Le sang a même parfois du mal à revenir du cerveau au cœur par les veines profondes du cou. L'ensemble du contenu du système cardio-vasculaire est réduit de 10 % et on observe une « anémie », c'est-à-dire une diminution du nombre de globules par millilitre de sang. Les chercheurs ont longtemps pensé qu'il s'agissait d'une adaptation à l'apesanteur.

En fait, il n'en est rien : il y a bel et bien destruction de globules du fait de l'apesanteur elle-même. Les stigmates de la destruction des globules persistent un an après le retour au sol. Cette découverte a déclenché d'importantes réflexions sur les besoins majeurs en globules rouges pour les futurs vols de longue durée.

— **GR** : Enfin, on reconnaît nos services !

— **LP** : Fêtons la fin de ton périple. Parti du cœur droit, tu es passé par les poumons pour t'oxygéner, revenu au cœur gauche pour être propulsé dans les organes. Dans le sang bleu (ou veineux), tu reviens au cœur droit d'où tu es parti, comme Ulysse revient à Ithaque. Mais, à la différence de celle d'Ulysse, ton odyssée se répète plus de 100 000 fois par jour. La distance en kilomètres parcourus en vingt-quatre heures est vertigineuse et stupéfiante.

— **GR** : Aucun autre transporteur terrestre ne nous bat au kilométrage, je pense.

# 3

# POUR ALLER PLUS LOIN

## L'EXERCICE

> « L'humanité se divise en trois catégories : ceux qui ne peuvent pas bouger, ceux qui peuvent bouger, et ceux qui bougent. »
> (Benjamin Franklin)

— **GR** : Mais que se passe-t-il ? Mon hôte a décidé de s'agiter sérieusement, ce qui est bien normal pour un humain, il est fait pour ça.

Ça démarre au quart de tour, dès que l'intention se manifeste dans le cerveau, le cœur et le poumon se mettent en quatre à mon service, mais pas assez vite à la puissance voulue. La circulation est orientée vers les muscles : les petites artères se dilatent, tous les capillaires s'ouvrent au détriment du tube digestif, des reins et de la peau. Cela ne suffit pas dans l'immédiat, j'ai un gros problème.

Panique à bord : me voilà dans les cellules musculaires, et patatras ! je ne peux pas fournir l'oxygène nécessaire : catastrophe, honte, ma réputation va-t-elle en pâtir ? Il y a immédiatement une forte demande, au niveau des muscles qui consomment de l'énergie sans que je puisse fournir l'oxygène nécessaire. Flux tendus, pas de réserves d'oxygène… où puiser ? Que faire ?

— **LP** : Ne t'inquiète pas, petit : tout est prévu, quoi qu'il en coûte, car ce ne sera pas gratuit. Les muscles pendant la phase transitoire du début de l'exercice vont aller se ravitailler ailleurs. Il existe dans les cellules des circuits d'approvisionnement en énergie moins connus : les circuits anaérobies, qui permettent de « brûler » les nutriments sans oxygène. Ces circuits sont sollicités au tout début de l'exercice pendant quelques minutes, le temps que toute la mécanique de transport de l'oxygène par les poumons et la circulation s'ajuste progressivement. C'est pourquoi, si on commence l'exercice à pleine puissance, la fatigue se fera sentir au début, surtout dans les jambes, au niveau des gros muscles comme le quadriceps.

— **GR** : Mais ce n'est pas gratuit ? Je ne comprends pas !

— **LP** : Eh oui, petit : cela s'appelle la « dette d'oxygène » et il faudra la rembourser à la fin de l'exercice, et… avec intérêts ! À la fin de l'exercice, tu remarques que le cœur continue à battre rapidement, puis de moins en moins vite, les poumons continuent à respirer profondément avant de se calmer, tu continues à apporter aux muscles plus d'oxygène qu'il n'en faudrait pour le repos retrouvé. On peut mesurer la consommation d'oxygène instantanée en respirant dans des analyseurs très précis : ainsi on peut calculer sur les courbes l'oxygène consommé au début de l'exercice et l'oxygène en excès consommé après la fin de l'exercice.

La différence entre ces deux volumes d'oxygène représente les intérêts, qui sont d'autant plus importants que l'exercice a été intense. Cette phase après l'exercice permet aussi de se débarrasser des acides qui pourraient s'accumuler en les éliminant sous forme de $CO_2$ par les poumons.

— **GR** : As-tu quelques conseils pour mon hôte qui pourraient m'aider ?

— **LP** : Tout d'abord, on l'aura compris : il ne faut pas faire d'exercice après un repas, car il y aura compétition entre les muscles et le tube digestif, les deux étant en demande de sang au même moment. Il vaut mieux accompagner les modifications physiologiques et donc éviter la fameuse « promenade digestive », que l'on retardera un peu. De plus, en dehors de la situation de laboratoire et des mesures, il vaut mieux faire un démarrage progressif et, de même, prévoir une phase de récupération à intensité décroissante, pour une meilleure adaptation. Par ailleurs, on peut s'entraîner à mieux respirer,, car l'Homme est un grand privilégié de l'évolution : il peut modifier volontairement sa respiration.

Pour s'adapter aux besoins de l'exercice, les poumons et le cœur vont devoir travailler à plein régime. L'adaptation du cœur, augmentation de la fréquence des battements et de la force de contraction, se fait automatiquement sans qu'on puisse la modifier. Cependant, plus on s'entraîne et plus le cœur se renforce, diminue son nombre de battements par minute pour un même effort. En battant ainsi moins vite pour un même effort, il a le temps de bien se remplir pour mieux expulser ensuite le sang oxygéné vers les muscles.

Pour la respiration, il y a aussi un démarrage automatique : le poumon va accélérer son rythme dès le début de l'exercice, mais on peut l'aider à mieux faire. Le rythme automatique est souvent trop rapide, empêchant les poumons de bien se remplir. Il faut donc penser à respirer lentement avec de grands mouvements respiratoires pour déplier toutes les alvéoles profondes.

Par exemple, en montant un escalier, il faut dès le début penser à sa respiration. On répartira les charges dans les deux mains ou dans un sac à dos et on dégagera les épaules et le cou pour que l'air passe bien dans les bronches. Ne pas se laisser entraîner dans la respiration automatique qui a tendance à suivre le rythme des pas (petit défaut du système !), mais au contraire prendre de grandes respirations bien profondes. Ne pas parler ni téléphoner, bien sûr, car cela ralentit l'expiration de l'air : les cordes vocales en se rapprochant pour vibrer gênent la respiration alors que tout le souffle est nécessaire à l'oxygénation des muscles. On lit parfois qu'il faut parler pour trouver l'intensité de l'effort confortable et durable : c'est un test qui doit être court et non une façon physiologique de respirer pour courir. Parler ou courir, il faut choisir !

— **GR** : D'autres conseils ?

— **LP** : Oui, pour la phase de récupération : l'exercice anaérobie génère de l'acide lactique sous forme de lactates*. Ils seront éliminés par la respiration, mais on peut améliorer ce phénomène. Au lieu d'arrêter brutalement un exercice, il suffit de continuer à faire quelques minutes à faible puissance : on sait maintenant que les muscles et le cœur peuvent consommer à nouveau les lactates pendant la phase de récupération et probablement éviter des crampes musculaires dans les heures qui suivent. Pour ne citer qu'un exemple : les footballeurs qui immédiatement après un match font plusieurs tours de stade en petites foulées le font non seulement pour leurs supporters, mais aussi pour cette raison qui leur évite un retour brutal au repos dans les vestiaires.

Il faut boire beaucoup, au moins 1 litre par heure pour compenser la sudation. Attention, la soif est déjà un signe de déshydratation : il faut boire avant d'avoir soif pour des régulations efficaces.

— **GR** : Et la VO2 max, c'est quoi ?

— **LP** : C'est la consommation d'oxygène maximale. Un exercice maximal pour chacun de nous va nous faire consommer de grandes quantités d'oxygène, exprimées en litres d'oxygène par minute. Toutes les structures

*Produits générés par la production d'énergie sans oxygène.

concernées par le transport seront sollicitées : les poumons, le cœur, la circulation, l'hémoglobine, les cellules elles-mêmes. Chaque structure va améliorer ses performances pour une augmentation globale de la consommation d'oxygène. Quand la consommation maximale d'oxygène est atteinte, la fréquence cardiaque n'augmente plus, mais la puissance de l'exercice peut encore augmenter. Tu me suis ?

— **GR** : Je suppose, si j'ai bien compris, que nous les globules ne pouvons plus fournir assez d'oxygène et les que muscles vont faire appel aux circuits anaérobies.

— **LP** : Bravo, petit, 20/20 ! Il faut savoir que, pour chacun d'entre nous, la VO2 max*, cette capacité à transporter et utiliser de grandes quantités d'oxygène, dépend beaucoup de l'entraînement qui va améliorer chacune des étapes. C'est pourquoi on pratique cette mesure chez les sportifs : elle permet d'apprécier les progrès et d'aider à prévoir les performances. À l'inverse, après une immobilisation pour blessure ou fracture, la VO2 max va baisser et il faudra un nouvel entraînement pour retrouver un niveau digne des compétitions.

Ainsi, la consommation d'oxygène maximale représente le niveau général de la « forme physique » d'une personne. Elle peut se mesurer par course sur

*Capacité maximale de chaque personne à consommer l'oxygène à l'exercice.

tapis roulant ou sur un vélo fixe spécifiquement équipés. Pas seulement chez les sportifs : depuis quelques années, on mesure également la VO2 max chez des malades candidats à une greffe de poumon ou de cœur, à des niveaux d'exercice très modestes, évidemment, et beaucoup de précautions médicales. La même mesure est pratiquée après la convalescence pour suivre les progrès des patients et l'efficacité de la greffe.

Autre pratique originale : les chevaux de course sont de grands sportifs et leur forme physique est l'objet de toutes les sollicitations avec des mesures régulières de VO2 max sur tapis roulant.

— **GR** : Une dernière question : de mémoire ancestrale de globule rouge, on n'a jamais vu une humanité aussi sédentaire. Les vaisseaux que je parcours nuit et jour sont souvent dans un piteux état depuis une cinquantaine d'années. Entre perte d'élasticité, dépôts divers et variés dans les artères cardiaques ou cérébrales, parfois j'ai bien du mal à circuler. C'est un peu comme si ces mêmes humains ne tiraient jamais la chasse de leurs W.-C. : ça finirait par s'encrasser.

— **LP** : Dès 1980, un travail de l'Inserm* a réuni toutes les publications concernant les bienfaits de l'exercice sur la santé : prévention des accidents vasculaires

*Institut national de la santé et de la recherche médicale.

(AVC et infarctus du myocarde), des cancers, de l'hypertension artérielle, du diabète. Depuis, les données se sont enrichies, le concept « d'exercice médicament » fait son chemin, car ces maladies sont évitées ou améliorées par l'exercice. Il a fallu attendre la loi santé de 2016 pour qu'un décret incite les médecins à prescrire une activité physique adaptée à chaque patient.

Pour tous les bien portants, la pratique d'une activité physique régulière est indispensable au maintien de la santé. Trente minutes de marche par jour permettent de lutter contre la sédentarité et ses risques. En ajoutant trois séances de quarante-cinq minutes par semaine d'un exercice plus intense, on protège son cœur et son cerveau, on améliore encore ses chances de vivre plus longtemps, et mieux : en bonne santé.

# LES GROUPES SANGUINS ET LA TRANSFUSION

> « Les parfums ne font pas frissonner sa narine ;
> Il dort dans le soleil, la main sur sa poitrine,
> Tranquille. Il a deux trous rouges au côté droit. »
> (Arthur Rimbaud, *Le Dormeur du val*)

Depuis l'aube des temps humains, de la chasse et des combats, on sait que les hémorragies sont mortelles. L'idée de transfuser du sang pour sauver des vies a fait son chemin, mais a dû surmonter de nombreux échecs. C'est la connaissance des groupes sanguins qui a permis de surmonter les difficultés et de faire des transfusions compatibles.

— **GR :** Il paraît que je porte des protéines et des glucides correspondant à des groupes sanguins ? Pourtant, j'ai la peau très lisse, je me faufile partout. Je n'ai pourtant pas de ces méchantes protéines du genre de Spike du Virus COVID-19, qui lui permettent de s'accrocher aux cellules humaines, d'entrer, de se multiplier et de les tuer. Je n'ai rien de tout cela ! Serais-je le responsable des problèmes de transfusion de sang et d'incompatibilités dangereuses ? Je commence à me sentir coupable !

— **LP :** Oui, c'est une longue histoire, tu portes à ta surface les molécules (antigènes) qui correspondent au plus important système des groupes sanguins, ABO, le plus dangereux pour les transfusions. Mais pas de quoi culpabiliser, petit, le sang, avec toi, c'est la vie.

Depuis la préhistoire, il semble évident que perdre son sang est mortel : dans la grotte d'Altamira en Espagne, un mammouth perd son sang et visiblement expire, 14000 ans av. J.-C. La perte de globules rouges (ou anémie aiguë) provoquée par une hémorragie est mortelle.

— **GR** : Ne dit-on pas « nous sommes du même sang » pour dire « nous sommes de la même famille » ?

— **LP** : La découverte des groupes sanguins en 1900 a permis d'apporter enfin le sang salvateur. Les premières transfusions réussies datent de Louis XIV. Elles intriguent profondément, car pour certains c'est la mort immédiate, si bien que le Parlement de Paris interdit cette pratique en 1668. Ailleurs en Europe, le mélange de sang humain au sang animal « s'agglutine » et s'avère impropre à la transfusion.

L'Autrichien Karl Landsteiner, futur prix Nobel, montre en 1900 qu'un mélange de divers sangs humains provoque aussi, le plus souvent, une agglutination. Il s'agit d'une réaction immunologique : quand certains antigènes des globules rouges rencontrent des anticorps circulants apportés par un autre sang, l'agglutination des globules se produit. Sur cette base ont été déterminés différents groupes de personnes qui possèdent les mêmes antigènes groupe A (avec anticorps B), groupe

B (avec anticorps A), ou groupe AB (sans anticorps); le groupe O n'a pas d'antigènes, mais des anticorps anti A et anti B.

— **GR**: Et alors, que se passe-t-il?

— **LP**: Les personnes du groupe O peuvent être « donneurs universels » mais ne peuvent recevoir de sang des autres groupes, leurs propres anticorps A et B entraîneraient une agglutination dans leur propre sang. Le groupe AB, découvert plus tard, contient des antigènes A et B à la surface des globules, mais pas d'anticorps: ce groupe est donc « receveur universel ». Ce groupe ne peut donner à aucun autre groupe, car son sérum contient les anticorps A et/ou B qui provoqueraient l'agglutination dans le sang du receveur.

Il est important de connaître son groupe sanguin, d'avoir sa carte sur soi, même si un second contrôle est toujours réalisé lors d'une transfusion ou d'un don de sang. Les groupes les plus répandus en France sont groupes O et A (autour de 40 %).

Cette répartition est différente selon les régions du monde, comme on peut le voir sur les belles cartes en couleur sur le sujet, car si le sang a une histoire, il a aussi une géographie: celle des hommes.

— **GR**: Et le facteur Rhésus, c'est moi aussi?

— **LP**: Le facteur Rhésus, ou Rh, est lui aussi un

antigène de ta surface, découvert en 1940, responsable lui aussi d'incompatibilité. C'est une classification complémentaire. L'antigène est une protéine de surface qui va poser des problèmes pour les grossesses si la mère est Rh– (c'est-à-dire ne possède pas l'antigène) et le père Rh+. La première grossesse se passera bien, mais la mère va fabriquer des anticorps anti Rh qui se manifesteront lors d'une deuxième grossesse. Cela nécessite donc une surveillance et éventuellement un traitement spécifique.

— **GR** : Mais, Rhésus, ce n'est pas un petit singe ? Les animaux ont aussi des groupes sanguins ?

— **LP** : Oui, cet antigène a été découvert d'abord chez le petit singe Rhésus, mais la plus grande partie des humains le possède aussi. Les animaux ont aussi des groupes sanguins et les vétérinaires doivent respecter ces groupes pour les transfusions.

Il faut savoir qu'il y a beaucoup d'autres systèmes d'antigènes dans le sang que celui des globules rouges : ceux des globules blancs, des petites plaquettes (impliquées dans la coagulation) et certaines protéines du plasma (immunoglobulines). Les dons de sang permettent de préparer des « poches » diverses de globules rouges ou de plaquettes, par exemple. Tous ces antigènes montrent que nous ne sommes pas tous identiques, le sang est ainsi le miroir de la diversité humaine. Ils sont d'ailleurs transmis héréditairement.

— **GR** : Et pour les greffes, suis-je concerné ?

— **LP** : Pas directement, les incompatibilités sont portées par un autre système : HLA (*Human Leukocyte Antigen*), découvert sur les globules blancs par Jean Dausset. En français, on parle plutôt de complexe majeur d'histocompatibilité, car il détermine la différence entre le « soi » et le « non-soi ».

Le système HLA touche en fait tous les tissus et intervient en particulier pour la compatibilité des greffes alors que les groupes ABO interviennent seulement dans les transfusions. Jean Dausset aura le prix Nobel en 1980 pour ses travaux qui permettent une sélection précise des donneurs et des receveurs.

— **GR** : Mais tout cela voudrait dire que les humains sont à la fois tous semblables et tous différents ?

— **LP** : Oui. C'est la diversité dans l'unité. La plus grande partie du génome est commune et d'autres parties, très limitées, sont variables, et ceci dans toutes nos cellules. Mais au-delà des greffes, ce système s'avère très important pour détecter des sensibilités particulières à certaines maladies. Des milliers de travaux ont été générés, permettant de prévoir certaines maladies par cette approche dite « prédictive » : si vous avez tel ou tel groupe de gènes du système HLA, vous êtes susceptible d'avoir par exemple de l'asthme, du diabète, de l'hypertension.

— **GR** : Mais alors, est-ce que chaque individu est unique ?

— **LP** : Oui. La très grande variété du système HLA a permis de montrer que chaque femme, chaque homme est unique, les combinaisons de gènes correspondants à ce complexe étant infinies. Ce système permet avec une grande précision de définir le « soi » et le « non-soi ». Toutes ces études où la collaboration internationale a été exceptionnelle ont aussi contribué à établir la carte du génome commune à tous les humains, qui est maintenant terminée.

Mais il y a encore mieux : comment choisit-on l'âme sœur ? Les poissons choisissent leurs partenaires en fonction de leur système HLA. À l'inverse du choix fait pour les greffes, le poisson va choisir pour sa dulcinée la plus grande différence génétique possible.

— **GR** : Mais pourquoi ?

— **LP** : Pour assurer à sa descendance une grande diversité génétique, source de résistance aux maladies. Nous savons que les races animales trop pures sont fragiles, comme les chiens de concours, par exemple.

— **GR** : Mais dis-moi, il est bien savant, ton poisson. C'est à force de fréquenter les chercheurs ?

— **LP** : Non, la nature a inventé beaucoup mieux : cette carte d'identité génétique s'exprime dans la vraie vie par les odeurs que nous dégageons et c'est par l'odorat que le poisson fait ses choix. Ce phénomène absolument étonnant a été retrouvé chez la souris et tous les mammifères.

Dans l'espèce humaine, la sueur reflète parfaitement les gènes de ce complexe. Un petit conseil pratique : ne choisissez jamais un parfum à offrir sans la présence de la ou du destinataire, car là encore, il est démontré que le système HLA guide nos choix…

— **GR** : Je ne crois pas un mot de toutes ces balivernes ! Seul compte l'Amour avec un grand A.

— **LP** : Les gènes ont des raisons que le cœur ne connaît pas… Mais tu as raison, petit ! L'Homme ne sera jamais un animal comme les autres, même s'il garde les traces de ses lointains ancêtres.

## DU CÔTÉ DU FŒTUS

« Lorsque l'enfant paraît, le cercle de famille applaudit à grands cris. »
(Victor Hugo, *Les Contemplations*)

Quand deux êtres attirés l'un par l'autre par des sentiments amoureux décident de devenir parents, ils vont partager pendant neuf mois une belle aventure : donner la vie à un être nouveau dont ils seront responsables longtemps.

Un petit être qui leur ressemblera puisque l'ovule une fois fécondé par un spermatozoïde contient la moitié des gènes de chaque parent. La nouvelle cellule, l'œuf, se révèle déjà fille ou garçon et contient toutes les informations pour développer tous les organes. Elle se divisera des milliers de fois pour former d'abord en huit semaines un embryon, puis un fœtus. Sa croissance est protégée dans l'utérus de sa mère par une enveloppe contenant le « liquide amniotique ». Le cordon ombilical émerge du « placenta », amas de cellules nouvellement formé dans la paroi utérine. Il est relié au nombril du futur bébé. Il permet à la mère d'apporter les nutriments et l'oxygène et d'éliminer le $CO_2$. À la naissance, le premier cri du bébé donnera le signal d'un bouleversement majeur dans la circulation du sang : celui-ci se dirigera soudain vers les poumons du bébé.

— **GR** : Oui, la naissance pour moi ressemble à un tsunami, après le long fleuve tranquille de la grossesse : je vous en parlerai... Mais d'abord, je voudrais dire que la première fois que j'ai vu un ovule, vraiment j'ai eu très peur. J'étais là-bas, tranquille, du côté d'un ovaire de la taille d'une très grosse olive, suspendu à la « trompe de Fallope » qui mène à l'utérus. Et voilà que sort de la surface de l'ovaire une énorme cellule vingt fois plus grosse que moi. Elle a l'air de bien savoir où elle va, comme aspirée par la trompe, où je la vois en effet disparaître. Maintenant, je n'ai plus peur, car je vois un ovule, en général, tous les vingt-huit jours.

— **LP :** L'ovule est en effet la plus grosse cellule de l'organisme.

— **GR :** Pas étonnant, vu les objectifs qui lui sont assignés ! Mais où court-il, cet ovule, sans même me jeter le moindre regard ?

— **LP :** Vers son destin, le spermatozoïde : il espère le trouver dans la trompe de Fallope, si par chance l'amoureux est passé par là au bon moment.

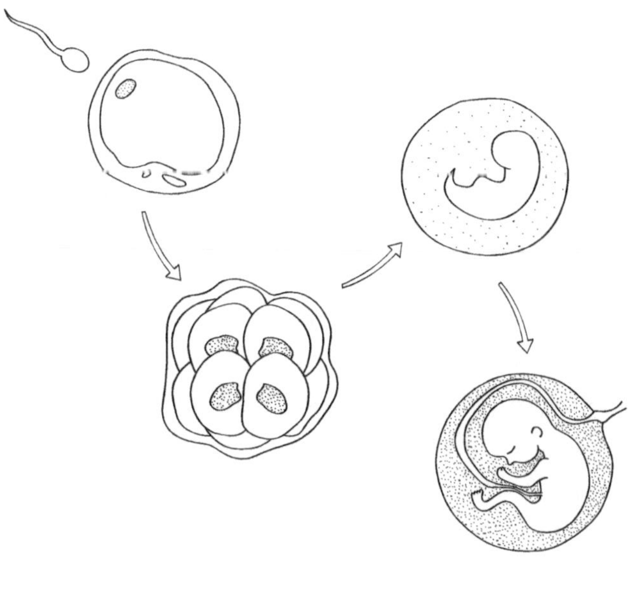

— **GR :** C'est alors une course folle dans la trompe de Fallope ! Après avoir été envoyés par millions dans le vagin par le jeune amoureux, les spermatozoïdes entament un sprint pour remonter vers les trompes. Les plus rapides y arrivent, rencontrent l'ovule, se frottent à lui pour essayer de percer son enveloppe. Seul le champion y parvient et pénètre enfin, tandis que la route est chimiquement barrée à tous les autres.

— **LP :** Là se fait la fusion des deux cellules et la rencontre des gènes : la moitié des gènes de chaque parent vont former les quarante-six gènes de la nouvelle cellule, l'œuf. Des millions de combinaisons de gènes sont possibles, et le bébé sera unique, sauf bien sûr en cas de vrais jumeaux issus du même œuf. L'œuf descend des trompes de Fallope vers l'utérus et va faire sa nidation dans la paroi.

— **GR :** J'ai vu ça ! Moi qui suis curieux, j'ai la chance d'avoir des capillaires partout, où je peux me faufiler. Il me semble que le plus souvent cet ovule disparaît dans un courant sanguin qui s'écoule à l'extérieur tous les vingt-huit jours. Encore une façon de mourir tout à fait physiologique pour moi, que j'avais oublié de signaler.

— **LP :** Le plus souvent en effet l'ovule n'est pas fécondé. À chaque cycle de vingt-huit jours pendant lequel un ovule devient mature dans l'ovaire, l'utérus se prépare à faire une sorte de nid de cellules avec beaucoup de vaisseaux pour recevoir éventuellement un œuf. En l'absence de fécondation, le nid est détruit, les cellules récentes se détachent et le sang s'écoule des vaisseaux pendant quelques jours : ce sont les règles. Tout cela est régi par un ballet d'hormones parfaitement coordonné et commandé par des structures de la base du cerveau. Quand au contraire un œuf est installé, il n'y aura pas de règles jusqu'à la naissance et au-delà, tant que la maman allaitera : cela est dû à une hormone spécifique.

— **GR** : Je dois vous dire que cette installation est un moment de grande émotion parmi les globules rouges : tout est nouveau, tout devient différent et nous aimons particulièrement que notre tour de grande circulation nous amène par là le plus souvent possible. De mémoire de globule rouge, nous savons que quelque chose d'extraordinaire et de merveilleux se prépare. Comme le mois de mars prépare en secret le printemps, le petit nid prépare en grand secret tous les organes.

— **LP** : Le système circulatoire est différent. Il n'y a pas de « petite circulation » vers les petits poumons qui sont pleins de liquide amniotique et ne respirent donc pas. Le sang chargé d'oxygène est apporté par l'artère du cordon ombilical venant de la mère et repart chargé de $CO_2$ vers la mère après avoir nourri les organes du fœtus.

— **GR** : Oui, mais moi, je vois quand même une bien belle chose : je ne vais pas chercher l'oxygène du côté des petits poumons, mais je vois bien qu'ils préparent l'avenir. Pleins de liquide amniotique, ils bougent déjà leurs petites ailes qui battent le temps vrai.

—**LP** : En effet, ils seront prêts le moment venu. La première échographie à la dixième semaine montre bien les bras, les jambes et le gros volume de la tête. Le cœur se prépare aussi et c'est à ce stade que les cellules qui entraînent les battements de cœur commencent à avoir une activité électrique automatique.

— **GR** : À propos du cœur, c'est vraiment surprenant pour nous, car nous passons directement du cœur droit au cœur gauche par un trou « le foramen ovale », sans passer par les petits poumons.

Et le cerveau ?

— **LP** : Comme tous les organes, il se prépare, l'échographie au cinquième mois montre qu'il augmente de volume : le fœtus bouge, réagit à certains bruits, à la musique, à la voix de sa maman. Tout cela prouve que le cerveau reçoit des informations et les traduit en mouvements. L'échographie du cinquième mois permet aussi en général de déterminer le sexe du futur bébé et de préparer son trousseau. Des chercheurs pensent même que le fœtus rêve !

— **GR** : Je le vois surtout dormir, parfois gigoter ou bâiller, ou serrer les poings. Parfois, il suce son pouce pour s'entraîner à la tétée, j'imagine ?

— **LP** : Certainement ! Plus tard, au septième mois, il ouvre et ferme les yeux et il découvre les goûts en buvant du liquide amniotique. Il redouble aussi de coups de pieds que papa se charge de vérifier avec émotion.

— **GR** : Moi, je ne sais pas si c'est l'émotion ou le plaisir de participer à cette grande aventure, mais je trouve que le transport de l'oxygène est beaucoup plus facile dans le fœtus que partout ailleurs… ?

— **LP** : C'est que la nature t'aide bien, petit : c'est presque magique pour toi, mais ça s'explique. Dès le troisième mois, le petit foie fabrique une hémoglobine spéciale dite « F » (comme Fœtus), qui fixe beaucoup plus d'oxygène par gramme que celle de l'adulte. À la naissance, elle représente encore 80 % de l'hémoglobine dans le sang du bébé et elle disparaît en quelques semaines.

— **GR** : Ah ! C'était donc ça, je n'aurais jamais pu imaginer une chose pareille ! Subrepticement, on m'avait livré un matériel de transport de compétition.

Aïe ! Ouille ! Mais que se passe-t-il, tout à coup, des contractions de plus en plus rapprochées dans l'utérus, le liquide amniotique qui se vide, de l'agitation, *pin pon, pin pon…* l'ambulance…

Vite, vite, en salle d'accouchement.

— **LP** : Tout le monde s'affaire autour de la maman, on calme ses douleurs, le papa lui tient la main, c'est imminent. Voilà la tête et, très vite, le bébé que l'on pose tout tiède sur le ventre de la maman ravie. Le cordon ombilical est coupé par la sage-femme.

— **GR** : Mais ho, là-bas ! Vous auriez pu prévenir ! Brutalement, plus de cordon, plus d'oxygène ? Heureusement, bébé pousse son premier cri pour rejeter le liquide amniotique et prend sa première respiration. C'est un beau moment d'émotion pour tous et pour moi un grand bouleversement de circulation.

Vite, c'est par où le poumon ? Pas le temps de réfléchir que, « CLAC », le cœur gauche avec sa force légendaire me ferme au nez la porte du foramen ovale qui devient « sens interdit ». Et me voilà propulsé du même coup dans les capillaires pulmonaires, où la nouvelle hémoglobine F charge à toute allure l'oxygène et décharge le $CO_2$. Je vais pouvoir faire mes livraisons. Bébé, lui, va bien : j'entends son petit cœur faire son *poum tac* rassurant. C'est lui qui plus tard battra encore plus fort quand il sera amoureux.

Vive la vie !

« Il n'en faut pas beaucoup - un regard,
un battement de cils - pour que l'émotion soit vive. »
(Jean Dujardin)

L'expression des émotions nous paraît immédiate, en rapport direct avec ce qui a pu les déclencher : une étincelle dans un regard croisé, une peau soudain effleurée comme par mégarde peuvent nous faire rougir, faire battre notre cœur ou même plus, parfois. Pourtant, bien que très rapide, voire fulgurant, ce phénomène est loin de s'appuyer sur un circuit court. La stimulation perçue par la rétine ou par la peau remonte par la voie des nerfs sensitifs vers la zone la plus primitive du cerveau, que nous partageons avec les animaux. Elle contient non seulement la zone des émotions et de la mémoire, mais aussi celle des commandes automatiques du cœur, des vaisseaux et de la respiration, zones largement interconnectées.

— **GR** : Je ne comprends rien à tout ce que tu me racontes. Lorsque je cours tout à coup vers le visage de la demoiselle apporter des globules pour la faire rougir ou au-dessous de la ceinture du jeune homme pour le préparer à une belle érection, est-ce le cerveau reptilien qui a commandé tout ça ?

— **LP** : C'est la réalité « de base » des circuits que

nous avons conservés au cours de l'évolution, de l'animal à l'homme. Chez la plupart des animaux, le stimulus olfactif est prédominant, mais chez nous aussi une senteur particulière liée à la mémoire peut devenir très importante, d'où l'utilisation des parfums pour mieux séduire. De plus, la sécrétion entre les neurones de nombreuse petites molécules naturelles impliquées dans le désir complique nos émotions ! Ces molécules peuvent même aller « inonder » notre cerveau supérieur et nous faire parfois perdre la raison. Tout ceci explique pourquoi nous ne sommes pas toujours raisonnables quand les émotions nous envahissent. Hélas, il n'y a pas que l'émotion de l'amour, il y a aussi par exemple la peur qui engendre la haine et peut nous enrager contre notre prochain.

— **GR** : Mais alors, l'Homme est un animal comme un autre ?

— **LP** : Je ne crois pas. S'il a conservé sa nature animale, son cerveau supérieur s'est tellement développé qu'il n'a plus eu besoin de mutations génétiques pour s'adapter. Ainsi, nos gènes sont les mêmes qu'il y a quarante mille ans : si l'homme de Cro-Magnon revenait parmi nous en costume-cravate, il ne dénoterait pas dans nos rues.

Le décalage ne serait pas physique, mais psychique, bien sûr. Le langage parlé a permis de transmettre les savoirs, de les accumuler et de s'adapter à de nouvelles situations et même de les prévoir. Ainsi, l'amour humain a trouvé dans la musique, la poésie, la littérature, la peinture de quoi exprimer des émotions de mille façons merveilleuses, inconnues des animaux.

— **GR** : Mais dis-moi, s'il te plaît, qu'y a-t-il dans les regards qui se croisent ?

— **LP** : Mystère : on ne sait rien de cette incroyable alchimie, pourtant si simple en apparence. Au fond de l'œil se trouve la rétine qui transmet des images au cerveau, on connaît bien ces mécanismes physiques et physiologiques de la vision.

Que se passe-t-il quand deux regards se croisent et qu'une étincelle se produit, signe de l'attention amoureuse d'un autre ? Comment le regard peut-il être un moyen de séduction, discret et transmis à distance ?

De quelle matière mystérieuse sont faits ces échanges, où se croisent-ils ? Personne ne peut te le dire, petit, en dehors des poètes et des romanciers, plus raffinés et plus éternels que les données de la science.

— **GR** : Oui, oui, merci. Mais je dois te laisser : nous avons une urgence. Le monsieur qui est aujourd'hui mon hôte a dû prendre du Viagra®, car il y a un appel à foncer dans les vaisseaux du pénis qui se sont dilatés et réclament de toute urgence du sang pour tenir l'érection.

Tu dois bien savoir que l'érection n'est pas musculaire, mais est due au remplissage des corps caverneux, sortes d'éponges vasculaires gorgées de sang au bon moment. Après, si le cerveau supérieur s'en mêle, le stress peut tout gâcher…

— **LP** : Je vois que la poésie n'est pas ton fort ! Qu'importe, vas-y, petit… c'est pour la bonne cause.

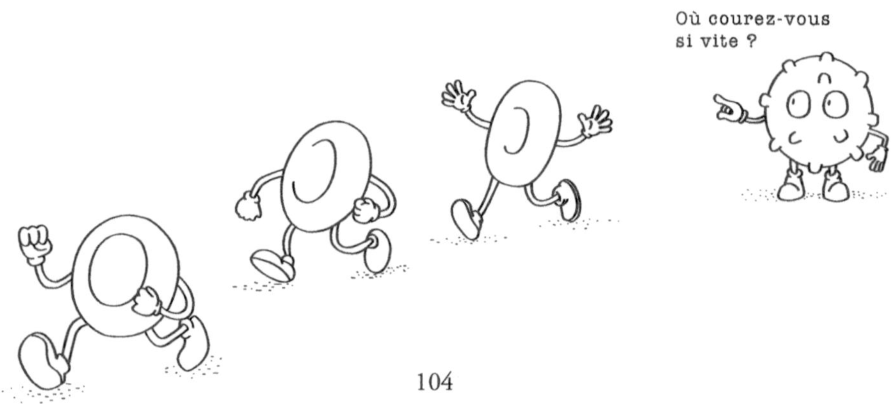

# 4

# LES TRIBULATIONS DE GLOBULE

## UN DANGEREUX INTRUS : CO, L'OXYDE DE CARBONE

> « Ah ! L'air pur… J'étouffais !… J'étais asphyxié… J'avais besoin d'oxyde de carbone… Alors j'ai eu envie de me précipiter sur le tuyau d'échappement pour quelques bouffées ! »
> (Raymond Devos, *L'État de poussière*)

L'intoxication par l'oxyde de carbone menace la respiration en s'attaquant à l'hémoglobine. Le CO provient de la combustion incomplète de matières carbonées (bois, charbon, gaz, mazout) quand le manque d'air accidentel ne permet pas la combustion complète.

Les sources d'accident sont d'origine domestiques, avec des appareils de chauffage mal réglés dans des pièces mal ventilées, et du trafic routier dans des embouteillages ou dans les tunnels : il s'agit d'accidents « aigus », rapidement mortels sans traitement d'urgence.

Une intoxication plus lente, dite « chronique », toxique à plus long terme, vient non seulement des sources industrielles comme les usines chimiques ou les incinérateurs, mais aussi de l'action plus directe de la combustion incomplète du tabac dans la fumée inhalée de cigarette.

— **GR** : De quoi souffrent les malades ?

— **LP** : Dans les accidents aigus, de maux de tête, de vertiges, de nausées et de vomissements : à ce stade, on pourrait confondre avec une intoxication alimentaire ou un début de grippe.

Si l'intoxication perdure, une confusion mentale puis un coma peuvent s'installer. C'est une urgence vitale, car l'oxygène ne peut plus être transporté.

— **GR** : Nous y voilà ! Je vois très bien de quoi il s'agit. Je me suis trouvé emporté par une joyeuse famille rentrant d'un week-end à la campagne dans un tunnel d'autoroute, dans un embouteillage monstre. Le CO produit par les pots d'échappements s'accumule dans cet espace peu ventilé.

— **LP** : Ce gaz est inodore et indétectable mêlé aux odeurs d'essence. Dans les gaz domestiques a été ajoutée une odeur désagréable pour qu'elle devienne un signal d'alerte. Un autre signe moins connu doit également inquiéter : la flamme d'un chauffe-eau est bleutée et, si elle devient orange, il est urgent d'arrêter l'utilisation, de bien aérer et de faire appel à un spécialiste.

— **GR** : Le CO est un grand ennemi inconnu de mes ancêtres. Et voilà que, brutalement, un blanc-bec de CO, sorti de je ne sais où, vient tout simplement prendre la place de l'oxygène dans le petit nid arrimé aux chaînes de globine et où se trouve le fer. Alors, les autres, les globules blancs, je les entends : « Mais quoi, tu transportes du $CO_2$ d'habitude au retour, après avoir fourni de l'oxygène aux tissus, donc $CO_2$ et CO, c'est un peu la même chose, c'est même plus léger, non ? ». Alors là, je vois rouge : mais ça n'a rien à voir avec le poids, bandes d'ignares ! Pour déloger cette molécule diabolique, il faudrait une force 250 fois plus grande que pour charger et décharger mes molécules d'oxygène et de $CO_2$, mobilisées en douceur par des pressions naturelles de proximité.

— **LP :** Ne t'énerve pas, petit, on va t'aider. Dis-nous ce qui ne va pas.

— **GR :** Je ne peux plus transporter d'oxygène sur mon hémoglobine, les organes sont en état d'hypoxie, comme tu dis, les cellules n'ont plus d'oxygène. Le système de transport est complètement bloqué et le CO en excès est dissous et va jusqu'à bloquer les usines cellulaires. C'est toi qui m'as appris que dans ce cas on passe en mode dégradé, c'est-à-dire que des circuits anaérobies (sans oxygène) génèrent de l'acide lactique, avec un risque de coma.

— **LP :** Du coup, tu n'as pas vu que tu es maintenant avec toute la petite famille dans l'ambulance vers les urgences de l'hôpital voisin. Le CO dissous commence à s'éliminer tout doucement par les poumons, il faudrait des heures pour rétablir la situation et l'oxygène en bouteille de l'ambulance est insuffisamment efficace pour déloger le CO.

— **GR** : Ah bon ? Mais alors, c'est très grave ?

— **LP** : Ne t'inquiète pas. Vous êtes arrivés. Il faut d'abord faire vite une prise de sang pour confirmer le diagnostic, à la recherche de l'hémoglobine chargée en CO (ou HbCO). On s'occupe d'abord d'une femme enceinte, car le fœtus est particulièrement menacé : ses petits poumons ne respirent pas encore et il lui faudrait cinq fois plus de temps pour se débarrasser du CO.

— **GR** : On trouve donc le coupable, mais que faire ?

— **LP** : Tout est prévu, on va déloger cet intrus malfaisant : selon la gravité de la situation de chaque membre de la famille, on pourra utiliser soit des masques pour administrer de l'oxygène à haut débit, soit un système plus complexe mais beaucoup plus efficace que l'on appelle le « caisson hyperbare ».

— **GR** : Je peux y aller tout de suite, j'ai envie de voir ça !

— **LP** : C'est cette grosse machine que tu vois là-bas, avec ce gros cadran qui indique la pression. La pression normale à laquelle nous respirons s'appelle la pression atmosphérique. Là, on met le corps tout entier et on peut monter jusqu'à trois ou quatre fois cette pression et personne ne manquera d'oxygène.

— **GR**: Allez, je monte à bord avec la maman. On ferme et je sens l'oxygène qui monte partout, il y en a pour l'hémoglobine et aussi pour le plasma, pour les cellules, pour le fœtus qui se réjouit: c'est le paradis retrouvé. Tout le petit monde va reprendre de belles couleurs, rentrer à la maison, dormir et faire de beaux rêves. Parce que nous l'avons bien mérité après cette soirée très mouvementée…

— **LP**: Avant de t'endormir, parlons des fumeurs. Le tabac est un fléau: outre les goudrons qui sont cancérigènes, le CO intoxique l'hémoglobine lentement mais sûrement. Normalement, on trouve très peu d'HbCO chez les non-fumeurs (tabagisme passif), mais jusqu'à dix fois plus chez le fumeur. Cela pose des problèmes à l'exercice, car cette partie de l'hémoglobine n'est pas disponible pour le transport de l'oxygène, alors que les besoins sont augmentés.

— **GR**: Et si un fumeur arrête la cigarette?

— **LP**: Il n'est jamais trop tard pour arrêter de fumer. Le CO est éliminé petit à petit et l'hémoglobine est libérée. On retrouve un bon souffle à l'exercice et une vie bien plus agréable. Le teint terne et gris fera place à une peau plus rosée grâce à l'hémoglobine oxygénée. On peut aussi suivre l'évolution du fumeur en le faisant respirer dans un appareil de mesure du CO. Cela permet de mesurer ses progrès et de renforcer la motivation. Mais rien n'est facile !

## MULTIPLICATION DES GLOBULES ROUGES

> « Dopé ? Moi ? Non ! Ou alors à l'insu de mon plein gré. »
> (Attribué à Richard Virenque, Tour de France 1998)

### *Le dopage et l'altitude*

1998 : année de tous les dangers pour le monde cycliste. Un vaste réseau de dopage organisé est découvert dans l'équipe Festina, notamment avec l'EPO, ou érythropoïétine. Il s'agit d'une hormone naturelle, sécrétée normalement par le rein en cas de baisse des globules rouges dans le sang. Elle favorise la production des globules rouges par la moelle osseuse. Elle a été synthétisée comme médicament en 1989 pour traiter le manque chronique de globules rouges dans l'insuffisance rénale. Dans les années 1990, elle est largement utilisée en Italie, puis rapidement en France pour augmenter les performances des cyclistes : le surplus de globules rouges apporte un surplus d'oxygène aux muscles et augmente radicalement les performances. Cependant, elle est dangereuse, car le sang épaissi circule mal, et des caillots se forment dans la circulation avec risque d'embolies pulmonaires. Certaines morts brutales parmi de jeunes sportifs semblaient inexpliquées et elles furent nombreuses. Cette substance était évidemment interdite, mais encore impossible à détecter.

— **GR** : Je me souviens très bien de cette époque : une nuit, tandis que je me promenais tranquillement dans les vaisseaux d'un champion cycliste en période de compétition, vers 3 heures du matin, surprise : un petit bip réveille mon dormeur. Tiens ! me dis-je, voyons voir. Il se précipite dans l'escalier de l'hôtel, qu'il monte et descend plusieurs fois à toute allure. Est-il devenu fou ou a-t-il fait un cauchemar ? Non : la chose se répète chez un coéquipier et, sur celui-là, je m'aperçois que nous sommes anormalement nombreux dans le sang : ça grouille de globules rouges et ça devient difficile de circuler. Tu te souviens ?

— **LP** : Oui, en fait, les accidents avaient fait réfléchir certains médecins qui pratiquaient ce dopage en espérant le contrôler. Les sportifs étaient munis d'un appareil enregistrant la fréquence cardiaque en continu. Quand le cœur ralentissait trop, le risque de caillots était majeur : il fallait donc de toute urgence augmenter la circulation par l'exercice. Certains gros consommateurs s'injectaient même des médicaments pour fluidifier le sang.

— **GR** : Ça me semble encore plus risqué, car en cas de chute et de blessures les hémorragies peuvent être très abondantes et même mortelles, non ?

— **LP** : En effet, tout cela était très anarchique : les médecins de terrain puisaient leurs connaissances dans les notices pharmaceutiques des médicaments et en tiraient des cocktails magiques de vitamines, reconstituants, antalgiques, hormones diverses, sans toujours comprendre leurs interactions physiologiques. Les instances du sport, notamment l'Union cycliste internationale, suivie par la Fédération française de cyclisme, a instauré en 1997 des prises de sang pour vérifier le taux de globules rouges dans le sang.

Ce taux appelé « hématocrite » est le rapport entre le volume des globules rouges et le volume total de sang. Il a fait couler beaucoup d'encre dans les médias et lors du procès de 1998. Les instances sportives ont fixé la limite de ce rapport à 50 % de volume de globules rouges dans un échantillon de sang total, prélevé pour contrôle.

— **GR** : Donc, au-delà de cette limite, on considère qu'il y a dopage par l'EPO ?

— **LP** : Oui, mais le milieu sportif n'a cessé de contourner cette règle des 50 % au détriment de la santé des coureurs.

— **GR** : Pour pouvoir continuer à consommer de

l'EPO et avoir plus de globules rouges sans que cela se voie au contrôle sanguin ?

— **LP** : Exactement ! En voici un témoignage ahurissant raconté au procès du Tour de France 1998 par le coureur Menthéour, dopé à l'EPO, prévenu à 6 heures qu'il allait faire l'objet d'un contrôle. Le médecin de l'équipe vérifie son taux de globules dans le sang : « Mon taux était de 58. De ce fait, d'Hont [le soigneur] m'a fait une petite piqûre de cortisone pour m'aider à faire de la rétention d'eau pour diluer le sang et faire descendre le taux d'hématocrite. Ensuite, il m'a fait une perfusion d'eau dans un bras pendant que le Dr Testa, le médecin de l'équipe, m'enlevait entre 300 et 500 ml de sang par l'autre bras. Ils ont fait une erreur, car ma rate a réinjecté tout de suite les globules qui m'avaient été enlevés et, lors du contrôle, mon taux était de 60 %. J'ai été exclu du Tour de France malgré mes très bonnes performances.

— **GR** : Ça me glace l'hémoglobine ! Injecter de l'eau ? J'espère que c'était du sérum salé isotonique, car l'eau m'a toujours tué. Cela me rappelle les séances de travaux pratiques sous le microscope des étudiants. D'autre part, enlever aussi rapidement une telle quantité de sang génère probablement une réaction d'urgence de la rate. Les vieux globules qu'elle retient participent alors à l'augmentation de l'hématocrite, et même un peu trop pour les contrôles !

— **LP** : De plus, utiliser la cortisone pour espérer augmenter le volume sanguin est pour le moins fantaisiste, la cortisone provoque aussi la rétention de liquide en dehors des vaisseaux (œdèmes). Cet effet secondaire lié à ces médicaments est nocif.

— **GR** : Après ce procès du Tour de France 1998, je suppose que l'EPO a disparu chez les sportifs ?

— **LP** : Pas du tout : la médecine du sport est devenue de plus en plus scientifique pour permettre de passer à travers tous les contrôles, EPO ou autres. Très vite, L'EPO a pu être dosée dans les urines et de nombreux coureurs ont encore été testés positifs pendant de nombreuses années. Certains, pour éviter de prendre l'EPO, se réinjectaient au bon moment leurs propres globules conservés au froid (auto-transfusion). De 1999 à 2005, Lance Armstrong, le coureur le plus « scientifiquement » dopé grâce à des médecins parmi les mieux payés de la planète, a gagné les sept Tours de France suivants, record absolu de tous les temps. Il n'a été démasqué qu'en 2012 et tous ses titres lui ont été retirés.

— **GR** : Et maintenant ?

— **LP** : Maintenant, la lutte antidopage s'est renforcée, mais au fur et à mesure que l'on sait doser certains produits connus, de nouveaux produits apparaissent et c'est une course sans fin. Elle est perdue d'avance, compte tenu des sommes colossales investies et de l'implication de médecins plus scientifiques mais bien peu scrupuleux. On parle même de thérapie génique, bien qu'elle soit bien sûr interdite.

— **GR** : Nous y voilà : est-ce qu'il y a un gène qui pourrait expliquer des performances exceptionnelles ?

— **LP** : Non, il n'y a pas un seul gène, mais un tout petit nombre de gènes, chez certaines personnes, qui permettent une meilleure production d'énergie dans les muscles, et ceci dans toutes les populations. Ces études génétiques complexes permettent de prédire quels individus pourront bénéficier le plus efficacement d'un entraînement pour augmenter leurs performances. C'est une démarche scientifique de « médecine prédictive », détectant des gènes dits de « prédisposition », comme pour l'asthme, le diabète ou l'hypertension.

— **GR** : J'espère que mieux faire connaître l'envers du décor pourra permettre de protéger les plus jeunes dans les clubs. Les parents doivent s'intéresser de près à ce que leurs enfants ingurgitent sous le vocable de « vitamines » et de « récupérateurs ».

— **LP** : Pour revenir à l'EPO, hormone naturelle, elle intervient en multipliant les globules rouges, quand l'organisme manque d'oxygène de façon chronique. Cela s'appelle la « polyglobulie », que l'on retrouve en cas de maladie pulmonaire et également en altitude.

— **GR :** Oui, justement : par exemple, je pensais que pour mieux respirer il fallait monter en altitude, mais cet hiver j'étais avec un grimpeur au-dessus de 3 000 m, ça n'allait pas très bien et il avait au contraire la respiration difficile. Pourquoi ?

— **LP :** Au fur et à mesure que l'on s'élève dans l'atmosphère terrestre, l'air contient moins de microbes, c'est vrai, donc c'est plus sain qu'en ville. En même temps, la pression atmosphérique de l'air baisse et donc aussi la pression d'oxygène : c'est l'hypoxie d'altitude.

— **GR :** Est-ce à dire que les molécules d'oxygène sont moins serrées les unes contre les autres et qu'il y en a moins dans un même volume ?

— **LP :** Exactement ! Si ce séjour à plus de 3 000 m dure au-delà de trois semaines, la moelle des os va être sollicitée par l'EPO naturelle sécrétée par les reins pour fabriquer plus de globules rouges. Les sportifs font souvent des séjours en altitude pour obtenir cet effet.

— **GR :** Et le mal des montagnes, qu'est-ce que c'est ?

— **LP :** Il est dû à une mauvaise adaptation du corps, à la diminution de pression en oxygène si celle-ci est trop brutale. On observe à partir de 3 500 m plusieurs signes : respiration courte, maux de tête, nausées, fatigue.

Pour des altitudes plus élevées, on peut voir une atteinte pulmonaire et, encore plus haut (de 3500 à 5500 m), une atteinte cérébrale. Ces deux formes graves obligent à redescendre pour une prise en charge d'urgence.

— **GR :** J'ai entendu parler de tentes à hypoxie, n'est-ce pas dangereux ?

— **LP :** On trouve maintenant dans le commerce des tentes, des lits ou même des chambres d'hypoxie où l'on peut dormir en altitude simulée. On peut s'exposer à un air hypoxique pendant son sommeil, à une altitude simulée réglable jusqu'à 5000 m, soit 11 % d'oxygène, presque la moitié de l'air normal... Théoriquement, ce n'est pas dangereux, car le degré d'hypoxie choisi est réglé automatiquement par des capteurs et analyseurs d'oxygène. Il faut savoir être très progressif, comme pour l'altitude réelle, et avoir confiance dans le système technique de régulation. Si votre thermostat est en panne dans votre appartement, vous risquez d'avoir un peu froid, mais si le régulateur d'oxygène de votre chambre hypoxique est en panne, c'est plus grave. Des publicités commerciales ne montrent pas l'intérieur de la boîte de régulation, mais de magnifiques montagnes enneigées !

— **GR :** Fort heureusement, cette hypoxie, comme avec le mal des montagnes, provoque des insomnies. Il vaut mieux ne dormir que d'un œil sous ces tentes !

« La vie est un long fleuve tranquille.
Ce sont les rives qui sont dangereuses.
Il ne faudrait jamais aborder. »
(Denis Langlois)

Depuis une cinquantaine d'années, l'excès de cholestérol est devenu un problème de santé publique, une mauvaise alimentation et une sédentarité accentuée font le lit du stockage de lipides dangereux. Le cholestérol se dépose sur les parois des artères et en diminue le diamètre, empêche le sang de circuler normalement et est un risque pour les maladies cardio-vasculaires !

— **GR** : J'étais là à l'origine de l'humanité, et même bien avant chez les animaux. Jamais de mémoire de globule rouge nous n'avions connu ça. Les vaisseaux sont faits pour circuler et non pour accumuler des déchets. N'est-ce pas ?

— **LP** : Il faut savoir que le cholestérol est indispensable à l'organisme. C'est le constituant principal des membranes des cellules. Il participe aussi à la synthèse de composants de la bile pour la digestion, de beaucoup

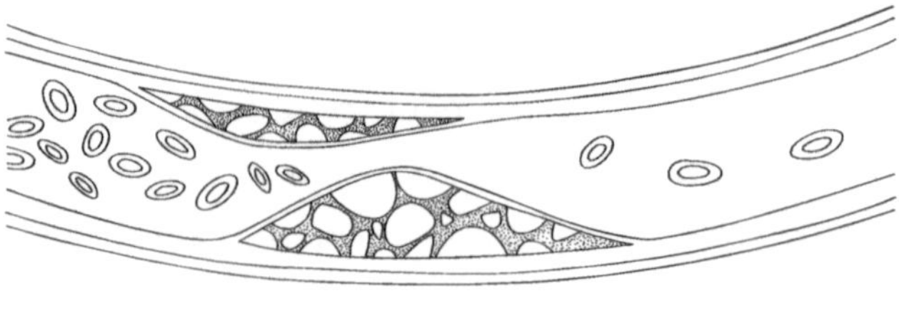

d'hormones et de la vitamine D, si importante pour le squelette.

— **GR :** D'accord, mais ça, c'était vrai aussi du temps de Cro-Magnon ?

— **LP :** En effet, au cours de la préhistoire humaine, la chasse et la cueillette n'empêchaient pas les risques de famine. Donc, faire des réserves de graisses était très important pour la survie de l'espèce humaine. Elles sont facilement transportables, car même plus légères que l'eau : on peut constater que des gouttes d'huile flottent sur l'eau.

— **GR :** Donc, ces réserves sont devenues un problème depuis quelques décennies alors qu'elles ont été une solution pendant des millions d'années ? Bizarre, bizarre… Et il paraît que vous appelez cela des « maladies de civilisation », comme le diabète et l'hypertension ? C'est ça, la nouvelle « civilisation » des pays riches : la suralimentation industrielle et la sédentarité ? Bizarre, bizarre.

— **LP :** Comment te dire, petit ? J'essaie moi aussi de comprendre comment Homo sapiens a pu en arriver là… Je crois qu'au début, l'agriculture intensive, l'alimentation industrielle, largement utilisatrice d'engrais souvent toxiques, avaient pour but de nourrir toute la planète à des coûts abordables.

— **GR** : Et aujourd'hui ? Quels sont les résultats ?

— **LP** : J'admets que les résultats sur la santé sont dramatiques : la famine règne encore dans de nombreux pays alors que nous croulons sous les déchets alimentaires. L'industrie agroalimentaire s'est développée pour son propre compte sans jamais s'inquiéter de ces effets et les dépenses de santé évitables ne cessent de croître. De plus, les besoins de ces industries détruisent les grandes forêts, pour l'huile de palme par exemple. Leurs usines produisent du $CO_2$ en excès et les plantes ne seront un jour plus assez présentes pour absorber tout ce $CO_2$ et fournir l'oxygène dont nous avons besoin !

— **GR** : Mais alors, moins d'oxygène dans l'environnement ? J'étais préparé à toutes sortes de situations, mais pas à la folie des Hommes. Je vais me plaindre aux neurones décideurs, mais d'abord, c'est quoi, ces plaques sur les parois des vaisseaux ? Je croyais que le cholestérol était soluble ? On le dose dans le sang, non ?

— **LP** : Oui, en effet, il circule dans le plasma lié à des protéines de transport, mais, sous certaines conditions, il peut devenir solide. Je vais te raconter une histoire : en 1758 est découverte une nouvelle substance cristallisée dans les calculs biliaires (alors appelés « pierres de fiel »), qui sera plus tard appelée « cholestérol » (du grec *kholé*, « bile » et *stereos*, « solide »).

Au début du XXe siècle, des expériences sur des lapins nourris avec du cholestérol montrent une augmentation du cholestérol dans le sang et des plaques de dépôts à l'intérieur des vaisseaux, comme celles constatées chez l'homme. Ce sont les lésions d'athérome.

— **GR** : C'est quoi, l'athérome ?

— **LP** : Beaucoup de recherches sur de larges populations, à partir des années 1950, ont confirmé la liaison de cause à effet entre l'augmentation du cholestérol dans le sang et l'athérome.

Ces dépôts durcissent et fragilisent les artères, dont la paroi peut être ainsi altérée.

— **GR** : De mon côté, je vois bien cela, parfois : non seulement les dépôts réduisent le diamètre des artères et me rendent la circulation difficile, mais toutes sortes de réactions ont lieu à cet endroit. Il m'arrive de voir mes petites cousines, les plaquettes (chargées de la coagulation), qui viennent là fabriquer un caillot, ou « thrombus ». Comme pour arrêter le sang quand on saigne, elles s'agrègent et favorisent la formation de molécules fibreuses, la « fibrine ». Nous, pauvres globules, sommes pris dans ces embouteillages inextricables où nous mourons par millions.

— **LP** : La coagulation, normale sur une blessure de la peau pour arrêter une hémorragie, est ici hautement anormale : c'est la « thrombose », qui diminue encore le calibre de la grosse artère.

Le pire, c'est qu'une partie du thrombus flotte dans le courant sanguin et un petit caillot peut se détacher pour aller obstruer complètement de petites artères du cerveau (c'est l'accident vasculaire cérébral, ou AVC) ou du cœur (c'est l'infarctus du myocarde).

— **GR :** Que peut-on faire pour éviter ces terribles dépôts et les thrombus ?

— **LP :** Beaucoup de progrès ont été faits dans ce domaine : on a su distinguer le « bon » cholestérol, qui nettoie les vaisseaux, et le « mauvais » cholestérol, qui favorise les dépôts. Pour trouver le bon cholestérol, il faut privilégier les huiles d'olive et de colza, la viande blanche, les poissons, les fruits et légumes. Des médicaments spécifiques ont été mis au point contre le « mauvais » cholestérol. Des examens réguliers du sang permettent de surveiller les patients et les traitements. Des examens radiologiques visualisent les artères sur lesquelles le chirurgien pourra intervenir directement.

— **GR :** Et si on essayait de revenir au mode de vie de l'homme de Cro-Magnon, qui n'avait pas d'excès de cholestérol ?

— **LP :** Cela s'appelle la « prévention ». Une alimentation de meilleure qualité, la lutte contre la sédentarité et la promotion de l'exercice permettraient de diminuer l'impact de ces maladies.

— **GR** : Je m'en vais de ce pas demander des comptes à nos penseurs, messieurs les neurones, là-haut dans le cerveau.

*Interview de monsieur Neurone (MN)*

— **GR** : Bonjour, monsieur Neurone. Parlez-nous du cholestérol et des maladies cardio-vasculaires, maladies évitables, si j'ai bien compris. Tout d'abord, qu'avez-vous fait pour la prévention dans le domaine de l'alimentation ?

— **MN** : Après des années de recherches sur la nutrition, on connaît les graisses à privilégier ou à éviter dans l'alimentation. Pour les aliments transformés, de plus en plus consommés, l'étiquetage presque illisible s'est révélé décourageant et inefficace pour le consommateur. Des chercheurs de l'Inserm ont travaillé pendant des années à rendre le choix simple pour tous au moment de l'achat.

Un étiquetage en gros caractères appelé Nutri-score a été mis au point et validé (5 couleurs, du vert, excellent, au rouge, nocif), puis approuvé par la Haute Autorité de santé. Enfin, en 2015, il est proposé au législateur.

— **GR** : Parfait, mais alors pourquoi aujourd'hui le voit-on si peu dans les supermarchés ?

— **MN** : La montagne de travaux scientifiques a accouché d'une souris, car l'étiquetage voté en 2015… n'est pas obligatoire.

— **GR** : Un coup d'épée dans l'eau ? Mais pourquoi, bon sang ? Oui, bon sang ?

— **MN** : Je t'explique. Vous, les globules, vous avez une seule fonction bien identifiée : transporter l'oxygène et le $CO_2$. Nous, les neurones, au contraire pouvons nous appliquer à beaucoup de choses différentes. Donc, pendant que les neurones de l'Inserm travaillent à la santé, d'autres neurones travaillent au bénéfice de l'industrie alimentaire. Celle-ci préfère continuer à vendre des produits de moins bonne qualité, plus rémunérateurs.

— **GR** : Mais les députés n'ont-ils pas de neurones ?

— **MN** : Si, mais à l'Assemblée nationale, il y a des neurones dans la matière grise de nouveaux venus : les lobbyistes qui arpentent les couloirs.

— **GR** : Mais pourquoi faire ?

— **MN** : Ils sont là pour défendre très activement les intérêts des industriels en question. À cela s'ajoutent d'autres neurones très efficaces : ceux des annonceurs publicitaires, formés de façon régulière sur les sciences comportementales. Ils sont capables par la publicité à la télévision d'influencer les consommateurs depuis la tranche d'âge des bébés de six mois ! À côté, les messages de santé passent inaperçus.

— **GR** : Bien déprimant, tout ça. Personne pour défendre les citoyens qui voudraient rester en bonne santé ? Et l'exercice ? Bien bouger pour accélérer la circulation, c'est un peu comme tirer la chasse dans les tuyauteries qui ne demandent qu'à s'encrasser. C'est un bon moyen d'éviter ces maladies ou leur récidive.

— **MN** : Parfaitement. Les connaissances sur l'exercice ont permis aussi à l'Inserm, dès 1988, de faire le point sur les bienfaits de l'exercice. Les malades mais aussi les personnes en bonne santé peuvent éviter le mauvais cholestérol et ses complications cardio-vasculaires.

— **GR** : Mais que fait l'État… de santé ?

— **MN** : La Sécurité sociale depuis 2016 rembourse les séances prescrites par le médecin d'une Activité Physique Adaptée, mais seulement pour les maladies de longue durée, comme les cancers, le diabète et les accidents cardio-vasculaires.

— **GR** : Le sport sur ordonnance ? Y a-t-il des oppositions farouches là aussi de certains de tes collègues neurones?

— **MN**: Par chance non, mais il faudrait une offre de formation continue, des médecins plus importante dans ce domaine récent de connaissance.

— **GR**: Et pour les gens bien portants à la retraite, par exemple? C'est ça, la prévention?

— **MN**: Oui, mais il n'y a pas encore de remboursement systématique. Pourtant, il n'y a pas d'âge pour se mettre à faire de l'exercice régulièrement et cela ferait faire de belles économies.

— **GR**: Donc, les pays riches dépensent beaucoup d'argent pour manger de la mauvaise nourriture, puis beaucoup d'argent pour soigner les maladies. On marche sur la tête! Si j'ai bien compris, chacun devrait prendre en charge sa santé sans attendre les maladies. Pour cela, bien s'informer, bien bouger, bien manger permettra de «vieillir jeune». Qu'on se le dise!

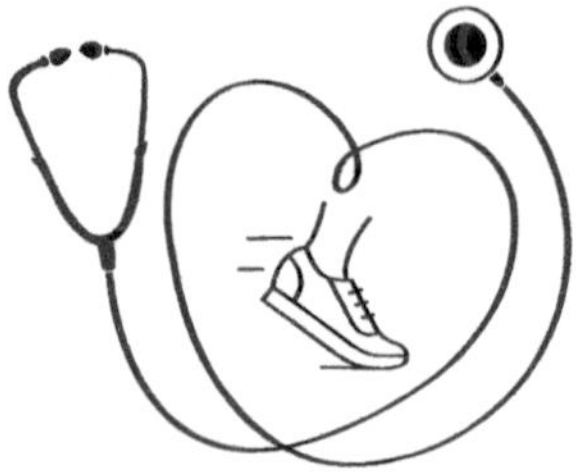

# SAIGNEMENTS ET CAILLOTS

« Ô bonne, ô sainte, ô divine saignée ! »
(Joachim du Bellay)

Du temps d'Hippocrate, au v^e siècle avant J.-C., dans le cadre de la « théorie des humeurs », tout déséquilibre amenait à soutirer du sang pour alléger le fonctionnement de tous les organes. Cette théorie, reprise et enseignée au cours des siècles, n'a cessé d'augmenter son influence pour atteindre son apogée au temps de Louis XIV. Le roi aux deux mille saignées y survécut pourtant jusqu'à l'âge de soixante dix-sept ans ! Elle était même proposée dans les monastères à titre « préventif » plusieurs fois par an. Les progrès de la médecine ont eu raison des excès de la saignée, bien que pendant longtemps encore on fit appel à des sangsues pour la remplacer.

En 1830, la France importait plus de quarante millions par an de ces petits vers de quelques grammes, avides de sang, que l'on posait au niveau du cou après les avoir affamés quelques semaines. Ainsi, le Dr Broussais, ardent défenseur de la méthode, aurait « fait couler plus de sang que Napoléon au cours de ses batailles », d'après ses détracteurs.

— **GR** : Moi, ça ne me plaît pas trop, tout ça, car perdre du sang, donc des globules rouges, ce n'est pas vraiment une bonne chose. La moelle des os pourra fabriquer plus de globules, mais si les quantités de sang perdu sont trop importantes, il y aura une diminution des globules : c'est l'anémie. Je transporterai moins d'oxygène et mon hôte sera fatigué au moindre effort.

— **LP** : Une autre maladie fut rendue célèbre par la reine Victoria. Elle était atteinte d'une maladie génétique, l'hémophilie, qui provoque un saignement anormalement prolongé pour la moindre blessure. Elle l'a transmise à certains de ses descendants.

— **GR** : Dans cette maladie, mes amies les plaquettes jouent un rôle important. Je les connais bien, elles sont quatre fois plus petites que moi et naissent comme moi dans la moelle des os. Là, de grandes cellules se découpent avant d'aller dans le sang en cellules si petites qu'au début, au microscope, on les a prises pour des poussières.

— **LP** : En 1666, un marchand de draps de Delft avait mis au point un microscope comme « compte-fils ». Il découvrit le globule rouge, les spermatozoïdes et beaucoup d'autres « curiosités », mais n'eut pas beaucoup de succès auprès des médecins. Le microscope était considéré comme un « objet tout juste bon à distraire les marquises » dans les salons. Il a fallu attendre presque deux siècles pour que Pasteur le mette à l'honneur et que les plaquettes soient vues au microscope par un médecin de l'Hôtel-Dieu de Paris, sans qu'on sache à quoi elles pouvaient bien servir.

— **GR** : Moi, je sais à quoi elles servent : dès qu'il y a une plaie, des vaisseaux sont touchés et saignent. Ils commencent par se contracter pour limiter la taille de la plaie, puis immédiatement accourent les plaquettes qui adhèrent aux parois. Elles s'agrègent entre elles (en nous coinçant aussi !) et s'activent pour favoriser la formation de filaments de « fibrine » à partir de protéines du plasma. Tout cela forme un caillot qui va arrêter le saignement.

— **LP** : Cela est possible, quand les plaquettes sont en quantité et en qualité normales, mais est en réalité très complexe. Ce phénomène fait intervenir un très grand nombre de « facteurs de coagulation » qui agissent en « cascade » : qu'un seul vienne à manquer dans les plaquettes et le saignement ne pourra être arrêté. C'est le cas dans l'hémophilie, exemple parmi d'autres, où un seul gène défectueux empêche la synthèse d'un des facteur de coagulation et bloque la cascade. Ce sont heureusement des maladies rares, mais elles ont aidé à la connaissance des facteurs de coagulation.

— **GR** : Que faire lorsque, au contraire, la coagulation est exagérée ?

— **LP** : Des médicaments dits « anticoagulants »

ont pu être mis au point grâce à la connaissance de la coagulation, dialogue biochimique entre la paroi des vaisseaux, les protéines du plasma, les plaquettes et leurs sécrétions. Ils agissent sur tel ou tel « facteur de coagulation » pour le bloquer et prévenir les accidents graves. Attention : chez les malades sous anticoagulants, le moindre traumatisme, le moindre coup peut provoquer des saignements ou, a minima, des bleus, il faut donc trouver le bon équilibre pour chaque patient.

— **GR** : Je les vois bien, les « bleus » en question, puisque je suis dedans. C'est comme une hémorragie sous la peau : nous les globules sommes d'abord plutôt rouges, puis bleus, presque violets par manque d'oxygène, puis nous sommes détruits. Notre hémoglobine se dégrade, donnant des couleurs successives, avec apparition de vert (biliverdine) et de jaune (bilirubine). Un véritable arc-en-ciel – pas très décoratif, il est vrai !

Mais, dis-moi, je passe du coq à l'âne pour revenir aux sangsues. Je me suis trouvé pas plus tard qu'hier dans l'estomac d'une de ces petites bestioles. Il paraît qu'elles reviennent à la mode ?

— **LP** : Aujourd'hui produites en élevage, les Hirudinea medicinalis sont utilisées pour traiter les inflammations superficielles. Elles résorberaient les œdèmes en suçant localement le sang et leur salive aurait un effet anticoagulant et antalgique. Bien qu'il n'y ait pas de données scientifiques suffisantes et probantes pour évaluer leur efficacité et leur innocuité, elles ont de quoi faire rêver les amateurs de médecines naturelles : c'est un animal hermaphrodite, avec neuf testicules, un pénis, deux ovaires et un utérus !

— **GR** : Moi, ce qui ne me plaît pas, c'est que pour diminuer les œdèmes, qui sont des accumulations de plasma, ces bestioles pompent aussi les globules rouges… C'est comme ça que je me suis fait digérer hier… pour finir désagrégé dans un bain d'eau de Javel, car elles sont maintenant à usage unique, ces charmantes bestioles… règles sanitaires obligent.

## LA THALASSÉMIE : UNE MALADIE GÉNÉTIQUE

« La mer modèle les mœurs comme elle fait les rivages. »
(André Suarès)

Le globule rouge dans son plasma peut parfois souffrir de maladies générales, mais il a aussi ses propres maladies génétiques. L'une d'elles est la thalassémie, qui fragilise les globules, les empêche d'assurer leurs fonctions de transport et entraîne leur destruction plus rapide, d'où une anémie. Rare en France, elle a une répartition géographique particulière en Asie et sur les pourtours méditerranéens.

— **GR :** En effet, par un beau matin de printemps parisien, me voilà franchissant le porche imposant de l'hôpital Broussais, porté là par une jeune fille de vingt-six ans, enseignante à proximité. Un peu fatiguée, elle s'est laissé convaincre par une parente infirmière d'aller consulter. Examen clinique, prise de sang de routine : une anémie est détectée. Direction hospitalisation pour une semaine à la recherche de la cause.

— **LP :** Première hypothèse, logique, on recherche le saignement interne d'un organe, sorte de « fuite » de globules hors de leur lieu de circulation.

Au bout d'une semaine d'examens infructueux, on aborde la seconde hypothèse, logique elle aussi : défaut de production de globules par la moelle des os. Inquiétude et angoisse, car cela nécessite une « ponction sternale » sur un os plat qui se trouve juste au-dessous du cou. Cette ponction se faisait à l'époque sans anesthésie. Mais c'était sans compter la présence d'un jeune chef de clinique, hématologue, qui arrêta l'impressionnante seringue à grosse aiguille creuse en s'exclamant : « Inutile, je crois savoir de quoi il s'agit : une thalassémie sans doute. »

— **GR :** Nouvelle prise de sang pour une analyse ciblée sur l'hémoglobine et confirmation du diagnostic. Divination ?

— **LP :** Certainement pas, mais il y a toujours un petit côté « enquête policière » dans le diagnostic médical.

A.C. Doyle, le père de Sherlock Holmes, était médecin et ses emprunts au diagnostic médical sont reconnus.

— **GR** : Reconnus par qui ?

— **LP** : Par les auteurs du Dictionnaire de la pensée médicale, élaboré par une cinquantaine d'auteurs. C'est souvent un détail final, repéré par un fin limier, qui permet d'aboutir. Reprenons l'enquête. Donc, ce jeune médecin avait peut-être prêté attention au lieu de naissance corse de la jeune malade ? Avait-il regardé une vraie carte où la Corse touche la Sardaigne ? En tous cas, quelque chose l'a conduit sur la bonne piste.

— **GR** : Comment s'explique cette longue semaine d'attente ?

— **LP** : Cette semaine d'attente en dit long sur le curieux cheminement historico-géographique du diagnostic de la thalassémie sur la population de Corse.

Cette maladie n'a pas été découverte dans les pays où elle sévissait. Elle fut décrite comme maladie rare par le Dr Cooley en 1925 aux États-Unis, sur un émigré italien. Retrouvée sur le pourtour méditerranéen, elle fut appelée « thalassémie » en 1932, du nom grec de la mer, et vers 1950, reconnue d'origine génétique. La forme grave survient quand les deux parents sont porteurs d'un gène défectueux sur les chromosomes générant l'hémoglobine (malades homozygotes).

En revanche, si une personne porte un seul gène défectueux (hétérozygote), la maladie se réduit à une légère anémie passant inaperçue. Dans ce cas, par mariage, la maladie grave peut réapparaître. Près de nous, à Chypre et en Sardaigne, dans les années 1990, on fait état de 15 à 20 % de thalassémiques faisant l'objet de prise en charge organisée, ce qui n'était pas le cas en Corse.

— **GR :** Donc, cela expliquerait le retard de diagnostic pour les médecins des hôpitaux parisiens, qui sauf exception n'y pensent pas ?

— **LP :** À cette époque, en Italie et en Grèce, de telles études ont déjà conduit « à la mise en place de stratégies de santé publique et de prévention : dépistage, conseil génétique, diagnostic prénatal, centres de soins spécialisés ».

Pourtant, une étude sur les populations immigrées de la régions parisienne est publiée en 1990 avec une très belle mise au point sur l'état des connaissances internationales de l'époque sur la thalassémie, non pas dans une revue médicale, mais dans… La Revue Européenne des Migrations Internationales. L'étude a porté uniquement sur les populations immigrées, ce qui paraît logique puisque la thalassémie de Corse est ignorée de tous.

— **GR :** Quelque temps après, en Corse, il se passa quelque chose dont les cinquantenaires actuels se souviennent encore. Des prélèvements de sang furent systématiquement réalisés pour une étude sur la thalassémie.

— **LP** : Des échanges dans les congrès d'hématologie ont dû avoir lieu. Parallèlement, avec ses unités Inserm et le prix Nobel attribué à Jean Dausset en 1980, l'hôpital Saint-Louis était devenu une référence mondiale en hématologie génétique. C'est donc probablement de là qu'est née cette enquête qui a permis une sensibilisation de la population et des médecins sur cette maladie familiale en Corse. Une association nationale de lutte contre la thalassémie été créée à Ajaccio. La Haute Autorité de santé fait état actuellement état de 3 % de la population en Corse qui porte un gène de la thalassémie.

— **GR** : Qu'en est-il aujourd'hui des traitements ?

— **LP** : Bien que très fréquente dans le monde, la thalassémie est classée dans les maladies rares en France.

Les formes graves (homozygotes) avec anémie importante et surcharge en fer nécessitent des traitements contraignants et fatigants.

Le fer produit part la destruction accrue des globules amène à des complications en se fixant sur différents organes comme le cœur ou le pancréas. Les traitements par transfusions régulières sont les plus courants pour rétablir le nombre de globules rouges, ainsi que des médicaments empêchant la fixation du fer. La greffe de moelle consistant à remplacer les cellules qui fabriquent les globules est le seul traitement curatif. C'est un traitement lourd, qui suppose un déplacement des patients en centre très spécialisé. La thérapie génique est aussi un réel espoir et a été réalisée avec succès sur quelques malades dans le monde.

— **GR :** Et la prévention ?

— **LP :** Tu deviens trop savant, petit ! Mais en effet la prévention est une chance réelle de voir diminuer le nombre de cas graves et c'est pourquoi il est important de faire mieux connaître la maladie. Une personne qui n'est pas malade, car porteuse d'un seul gène défectueux (hétérozygote), doit le savoir : chaque fois qu'un examen sanguin fait apparaître cette anémie, elle n'aura pas besoin d'autres examens d'analyse de l'hémoglobine. Mais surtout, si elle se marie avec une personne également porteuse du défectueux gène, elle a une chance sur quatre d'avoir un enfant avec une maladie grave (homozygote). En 2008, la Haute Autorité de santé crée un document de recommandations sur la thalassémie, son traitement, sa prévention, avec les consultations de conseil génétique. Les possibilités de diagnostic prénatal existent et permettent de proposer une interruption médicale de grossesse.

En 2018 est créé Le Registre central des maladies rares avec description et prise en charge de ces maladies.

— **GR** : Est-ce une maladie du sang ou de la moelle ?

— **LP** : Bonne question : on l'a d'abord considérée comme une maladie du sang et, au fur et à mesure de l'évolution des connaissances, on a compris que c'était une maladie génétique avec une hémoglobine anormale. On a compris aussi que c'était la moelle qui fabriquait les globules et donc que l'anomalie venait de là. D'où la ponction de moelle pour détecter les malformations de l'hémoglobine. Ainsi va la vie des Hommes : les progrès des connaissances conduisent à changer sans cesse de point de vue et à élaborer ainsi des traitements de plus en plus efficaces.

## LE PALUDISME : UNE MALADIE PARASITAIRE

> « C'était un moustique snob,
> il ne buvait que du sang bleu. »
> (Jean Cazalet)

Le paludisme est peut-être la plus vieille maladie de l'humanité, décrite dans les très anciens textes de l'Inde ou de la Chine et sur différents monuments égyptiens comme dans la médecine grecque du IIe siècle avant J.-C. Le nom ancien de « fièvre quarte » rappelle le cycle de quatre jours des poussées de fièvre intermittente. Le nom de « malaria » fait référence aux miasmes de l'air supposé « mauvais » et reste la dénomination de la langue anglaise. Maladie la plus répandue dans le monde (six cents millions de malades), elle doit son nom français à sa présence dans les zones marécageuses, du latin *palus*, « marécage ».

— **GR** : De quoi souffrent les malades ?

— **LP** : Fièvres intermittentes, frissons, pâleur, grosse rate : le diagnostic clinique est facilement reconnu. C'est au Pérou, en 1630, chez les pères jésuites, plus d'un siècle après leur arrivée avec les conquistadors, que le traitement fut découvert. Sans rien connaître de plus de la maladie, elle est soignée avec l'écorce de quinquina, « l'arbre à fièvres ». Mais cette « poudre des jésuites » donnera lieu à de nombreuses polémiques, d'autres lui préférant la bonne vieille saignée. Certains protestants préféreront même mourir plutôt que d'utiliser cette « médecine des papistes » !

Elle est la bienvenue en France, où le paludisme sévit dans plusieurs régions marécageuses et jusqu'à Versailles : même le roi, qui n'est pas épargné, est traité à prix d'or avec le quinquina.

— **GR** : Et depuis ?

— **LP** : Depuis, de guerres coloniales en conquêtes, de résistances en guerres mondiales, les « théâtres d'opérations » et la médecine militaire jalonnent l'histoire du paludisme. On savait que la maladie tuait souvent beaucoup plus que les combats : en 1895, sur un corps expéditionnaire de 12 à 15 000 hommes, on a compté 12 morts au combat et 5 000 par maladie.

La guerre du Pacifique lors de la Seconde Guerre mondiale fut aussi une guerre de la quinine entre les Américains et les Japonais : le général MacArthur dira : « Pour une division au combat, il y en a deux à l'hôpital. » Différents antipaludéens de synthèse, fabriqués massivement par l'industrie pharmaceutique américaine, ont eu un rôle aussi important, dira ce général, que la construction des porte-avions. D'autres antipaludéens de synthèse seront également nécessaires pour vaincre les formes de paludisme résistantes aux dérivés de la quinine dans certaines régions du monde.

— **GR** : Et la chloroquine, dont on a tant parlé à propos du Covid ?

— **LP** : Antipaludéen de synthèse également, elle fut mise au point en Tunisie pendant la guerre et servit aussi aux Alliés. Elle figure actuellement sous forme d'hydroxychloroquine comme un des antipaludéens majeurs pour certaines zones d'endémie. Au début de l'épidémie de Covid, sans autre possibilité thérapeutique connue, elle a suscité de réels espoirs à la suite de premières données sur un petit nombre de patients peu atteints. Au cours des deux années qui ont suivi se sont accumulées des centaines de publications dans le monde entier, recueillies sur des milliers de patients. L'inefficacité de cette molécule à tous les stades dans la maladie Covid a été prouvée, mettant fin à une polémique notoire presque 400 ans après celle de « la poudre des jésuites ».

— **GR** : Mais comment a-t-on découvert le coupable, l'agent responsable de cette maladie ?

— **LP** : Patience, petit ! Il a fallu attendre l'ère de Pasteur et l'utilisation du microscope pour mieux comprendre la maladie, connue depuis si longtemps. En 1880, en Algérie, un médecin militaire, le Dr Alphonse Laveran, découvre un parasite dans le sang des malades, le Plasmodium falciparum, qui lui vaudra le prix Nobel. Ce parasite pénètre dans les globules rouges et s'y multiplie : les globules infectés éclatent, sont détruits en masse, conduisant à un manque de globules dans le sang, ou anémie. Un mauvais transport de l'oxygène vers tous les organes est souvent mortel sans traitement.

— **GR** : A-t-il des complices ?

— **LP** : Oui, un passeur indispensable intercepté par un anglais, Ronald Ross. Il a reçu le prix Nobel en 1895 pour avoir découvert en Inde qu'un moustique, l'anophèle, en venant se nourrir de sang dépose le parasite dans le globule.

— **GR** : Et donc ?

— **LP** : Donc, la chasse aux moustiques a commencé avec un troisième prix Nobel, cette fois en chimie et en Suisse : Paul Muller découvre un insecticide, le DDT (dichloro-diphényl-trichloroéthane) en 1948. De larges campagnes d'épandages aériens, sous l'égide de l'OMS* dans les zones infestées, ont permis l'éradication du paludisme dans les pays développés, notamment en Europe et aux États-Unis.

Les atteintes à l'environnement et aux cultures ont eu raison de ces traitements de choc dans le monde. Aujourd'hui sont plutôt préconisés, en prévention, des insecticides moins toxiques imprégnant des moustiquaires.

— **GR** : Ça marche ?

— **LP** : Des millions de moustiquaires sont distribuées, mais la maladie menace encore un tiers de l'humanité ! Les médicaments ne sont pas accessibles partout, loin de là. C'est pourquoi les touristes allant dans les zones à risque sont incités, pour prévenir l'infection, à se rendre dans des consultations de « Médecine des voyages » pour la prescription de médicaments antipaludéens, qu'ils devront prendre régulièrement.

---

*Organisation mondiale de la Santé

— **GR** : Toujours les mêmes inégalités malgré les progrès scientifiques ! Homo sapiens inventera-t-il un jour un médicament contre les inégalités ?

— **LP** : Je te sens triste, petit, pour te consoler un peu, je vais te raconter une belle histoire d'inégalités, qui n'est pas un conte de fées… Il était une fois en Corse, dans la Plaine orientale, quatre belles jeunes filles qui avaient hérité de leur père berger de grands terrains en bord de mer, infestés de moustiques et de la malaria. Cela ne pouvait leur constituer une dot : personne n'y aurait mis son chien ! Elles se savaient contraintes au travail pour gagner leur vie, mais que faire ? Leur unique frère, lui, avait hérité, comme il était d'usage, des terrains de montagne riches en châtaigniers qui avaient nourri des familles entières pendant la guerre. Mais après la guerre, le DDT abondamment répandu avait changé la donne : aujourd'hui, ce sont quatre vieilles dames, toujours élégantes, à la tête de plusieurs établissements hôteliers.

— **GR** : Tout est bien qui finit bien.

« Saigne, saigne, mon cœur… J'étoufferai l'haleine
Qui pourrait, à l'odeur, révéler le martyr ! »
(Jules Barbey d'Aurevilly)

## *La maladie de Lasthénie de Ferjol*

Dans le roman de Barbey d'Aurevilly, la très belle, très pieuse et très noble Lasthénie (prénom grec à la mode sous l'Ancien Régime) vit recluse avec sa mère, la très veuve, très pieuse et très froide baronne de Ferjol, autrefois fort ardente. La messe et les promenades sont les seules distractions. Le carême amène comme chaque année pendant quarante jours un prédicateur qui loge au château. Celui-ci, beau et brillant jeune homme, attire tous les regards des femmes, sauf celui des deux recluses, qui ne louent que sa piété.

Lasthénie aurait-elle fauté à son insu, en laissant une nuit traîner sa langueur et son sommeil sur les marches de l'escalier monumental où, déjà enfant, elle rêvait ? Nul ne sait et elle moins que personne. Toujours est-il que, quelques mois plus tard, son ventre s'arrondit et sa grossesse trop évidente lui interdit même la messe. Sa cruelle mère ne cesse de la torturer pour connaître le nom du géniteur. Un berger des alentours, peut-être ? C'est sans succès : sa fille reste muette. L'accouchement aura lieu clandestinement dans l'isolement d'un autre lointain château. L'enfant, mort-né, sera enterré nuitamment par la baronne, qui y voit un châtiment divin. Elle continue néanmoins à faire pression sur Lasthénie nuit et jour pour lui arracher la vérité.

La fatigue, la pâleur, l'immobilité devant la même sombre croisée ne font que s'aggraver. Progressivement, la jeune fille dépérit, se voûte, s'enferme définitivement dans le mutisme. Un jour, pourtant, le teint un peu plus cireux, les yeux verdâtres grands ouverts sur le ciel, elle attire l'attention : elle ne respire plus. Sa mère passe la main sous son sein gauche pour sentir battre le cœur, mais la main revient tachée de sang : elle est morte. Elle a dix-huit trous rouges au côté gauche : « Lasthénie s'était tuée, lentement tuée, en détail et en combien de temps ? Tous les jours un peu plus sans doute, avec des épingles. Dix-huit sont restées fichées dans la région du cœur. »

— **GR :** J'ai entendu le nom de la maladie de Lasthénie de Ferjol prononcé au lit d'une malade dont j'ai bien connu l'histoire. Edwidge, une infirmière exemplaire, dévouée, toujours prête à remplacer les absents, vient travailler, épuisée, malgré un congé maladie.

Elle s'effondre en sortant des toilettes. On la convainc difficilement d'occuper un lit dans le service pour faire un bilan. Moi, je vois bien qu'il manque de plus en plus de globules autour de moi, que nous transportons moins d'oxygène aux muscles : d'où un essoufflement au moindre effort, car les poumons essayent de respirer davantage pour compenser.

— **LP** : Oui, on détectera en effet une anémie, c'est-à-dire une diminution du nombre des globules rouges. On recherchera donc en premier lieu une hémorragie.

— **GR** : J'entends encore les médecins : « Elle a été abandonnée par l'homme qu'elle aimait à vingt ans. Elle s'est plongée dans le travail… a fait des études d'infirmière, puis est devenue surveillante de nuit en cardiologie. On recherche une hémorragie interne. De multiples examens sont réalisés, notamment radiologiques et souvent éprouvants. » Cette femme héroïque reprend ses fonctions malgré une profonde anémie, qui s'aggrave. Craignant la découverte de son secret, elle quitte l'hôpital parisien pour prendre un poste en province.

— **LP** : La suite est connue par une nouvelle hospitalisation, cette fois en service d'hématologie, et racontée par le Pr Jean Bernard : « Une nuit, elle s'évanouit dans les toilettes. L'interne de garde appelé découvre dans la main d'Edwidge une seringue pleine de sang et, fichée dans l'artère fémorale, au plus secret du pli de l'aine gauche, une aiguille. C'est par cet unique orifice qu'Edwige, depuis combien de temps, peut-être tous les jours, avec des aiguilles, s'était saignée. »

— **GR** : Et nous les globules rouges n'avons rien vu : nous passons si vite dans cette grosse artère fémorale à très gros débit que je ne m'en étonne pas.

— **LP** : Oui, c'est la moitié du débit cardiaque qui se répartit dans les artères fémorales droite et gauche, soit 2,5 l/mn. Avec une seringue et une fine aiguille, on peut prélever du sang artériel dans cette grosse artère pour l'analyser, ce que devait savoir parfaitement cette infirmière chevronnée qui a multiplié cette intervention jusqu'à l'anémie.

— **GR** : Et donc, cette anémie si particulière est maintenant appelée « maladie de Lasthénie de Ferjol » ?

— **LP** : Douze cas seront publiés dans « *La Presse médicale* » en 1967 par Jean Bernard, qui lui donnera ce nom. Il décrit des femmes d'une extrême pâleur, le plus souvent soignantes, qui poursuivent leur travail, acceptent docilement tous les examens et même les suggèrent. Elles font preuve d'une grande réserve, n'établissent pas de lien avec leurs collègues, elles sont le plus souvent célibataires ou vivent une relation perturbée. Chaque patiente a son rituel dans un endroit caché du corps, comme la bouche, le vagin, le pli du coude ou, plus rarement, une grosse artère.

— **GR** : Et l'Amour dans tout ça ?

— **LP** : Jean Bernard évoque la perte de l'objet aimé,

un deuil qui n'a pu se faire, mais ce sont les psychologues qui auront le dernier mot. Les études psychologiques montrent que ces femmes sont intelligentes et savent parfaitement dissimuler. Elles ont besoin d'être reconnues et estimées dans leur travail.

Tout à la fois, elles provoquent et nient la maladie, défient les médecins, fuient quand elles se croient découvertes. Mais leur besoin d'être aimées est inextinguible et l'une d'elle résumera : « Plus je serai malade et plus on m'aimera. »

# 5

# DES HISTOIRES EXTRAORDINAIRES

## UN VER QUI SAUVE DES VIES

« Il faut, autant qu'on peut, obliger tout le monde :
On a souvent besoin d'un plus petit que soi. »
(Jean de la Fontaine, *Le Lion et le Rat*)

Il était une fois… un petit ver rouge des sables de l'océan Atlantique dont les pêcheurs se servaient comme appât depuis toujours. Grâce à des biologistes chercheurs du CNRS*, il devint essentiel au transport d'organes pour les greffes.

— **GR** : De quoi s'agit il ?
— **LP** : Il est question d'hémoglobine.

— **GR** : C'est un film à suspense ? Ça va saigner ?
— **LP** : Au contraire, ça va soigner ! L'histoire commence à la Station biologique de Roscoff, en Bretagne (Adaptation et diversité en milieu marin). Bien loin de la médecine et des médecins, un premier brevet est déposé en l'an 2000, portant sur l'analyse des propriétés

*Centre national de la recherche scientifique.

de l'hémoglobine de ce ver si commun, de son vrai nom « Arenicola marina ».

— **GR** : Une hémoglobine comme la mienne ?

— **LP** : Je ne voudrais pas te vexer, petit, mais celle-ci est bien meilleure, tout en ayant la même propriété fondamentale : fixer l'oxygène et le libérer automatiquement en fonction précise des besoins. Elle a d'autres qualités : d'une part, elle peut fixer 40 fois plus d'oxygène, et d'autre part, elle est libre, sans membrane cellulaire et soluble en milieu liquide. Il s'ensuit une véritable success-story : en 2007, Hemarina, une start-up d'un nouveau genre, est créée avec le projet de valoriser l'hémoglobine d'Arenicola marina dans le domaine thérapeutique.

— **GR** : Une hémoglobine médicament ?

— **LP** : Pas exactement : après huit années de recherches, elle se révèle être une vraie révolution dans le domaine des greffes d'organes. En 2015, le premier produit, HEMO2life, sort du sable avec un programme de recherche pour la préservation et le transport du rein humain en vue d'une greffe, qui regroupe cinq hôpitaux et soixante patients. En effet, à cette époque, la greffe de rein est possible grâce aux progrès de l'immunologie permettant de trouver des donneurs compatibles, mais reste une course contre la montre entre le donneur et le receveur. Les organes sont transportés dans du liquide nutritif oxygéné, mais la quantité d'oxygène apporté est difficile à régler. La moitié seulement des greffons se révèlent à l'arrivée d'assez bonne qualité pour être greffés.

— **GR :** Alors, cette hémoglobine va permettre une oxygénation parfaite de l'organe selon ses besoins.

— **LP :** En effet, l'oxygénation artificielle peut être par moments trop faible ou trop forte et, dans les deux cas, peut détériorer les cellules. Grâce à la régulation qu'apporte l'hémoglobine d'Arenicola, les greffons peuvent être transportés en toute sécurité sans précipitation.

C'est un succès : même les boursicoteurs s'en mêlent sur les réseaux sociaux : « Va faire un tour sur le site de Hemarina et dis-moi ce que tu en penses… Pour moi, c'est un truc hallucinant, le marché serait colossal… Je connais une boîte qui a inverti 6 millions d'euros, et ce ne sont pas des rigolos… Ils ne sont pas encore cotés… Mais très envie d'investir dans cette société avant intro, donne-moi ton avis. » Une future pépite, mais le chercheur reste prudent, il veut confirmer les premiers résultats.

— **GR :** Je n'y connais rien en bourse, mais en hémoglobine, si, et celle-là m'intéresse. Donc, cette hémoglobine dans ce ver des sables baigne directement dans le corps du ver dans un liquide qui ressemble à de l'eau de mer ? Donc, pas de membrane cellulaire comme la mienne, pas d'anticorps de groupes sanguins ? Donc, compatibilité parfaite avec tous les groupes humains ? Une sorte de donneur universel, en somme ? Probablement notre très lointain ancêtre ?

— **LP** : Bien vu sur toute la ligne, petit. Le transport des greffons rénaux confirme leur succès scientifique et, en 2018, le premier homme auquel est greffé un nouveau visage bénéficie aussi de l'hémoglobine d'Arenicola.

— **GR** : Au fait, comment ce petit ver de rien du tout, si ancien, a-t-il fait pour avoir une hémoglobine 40 fois plus performante que la mienne ? C'est un saut gigantesque, contraire à toutes les lois de l'évolution, non ? Je vais me plaindre à Darwin !

— **LP** : Tout de suite les grands mots ! Ne serais-tu pas un peu jaloux, par hasard ? Mais écoute le fin mot de l'histoire : ce petit ver est confronté toutes les six heures aux marées qui le submergent. Son homologue des plages de Méditerranée, plutôt pâle, n'a pas cette hémoglobine et cette capacité de résistance au manque d'oxygène. Ce petit animal terrestre ne peut pas respirer dans l'eau : il a façonné au cours des millénaires cette puissante hémoglobine qui lui permet de traverser les grandes marées de six heures sans oxygène.

Pendant que tu vis dans un espace protégé, ton « milieu intérieur », lui, est devenu un champion de l'apnée !

— **GR** : Bon, d'accord, je ne me plaindrai pas de concurrence déloyale, puisque ce petit était en situation de légitime défense contre la nature. En plus, ces six heures d'oxygène sauvent des organes et des vies.

Ça impose le respect. Le combat pour la vie prend parfois des chemins inattendus.

## UN CURIEUX CAILLOT DANS L'ESPACE

> « Un petit pas pour un homme, mais un bond de géant pour l'humanité. »
> (Neil Armstrong, 1969)

Par une belle fin d'été 1957, des enfants émerveillés avaient rendez-vous chaque soir dans le ciel constellé d'étoiles, dont une pas comme les autres. Telle l'étoile qui conduisit les rois mages à la crèche de Bethléem, elle avançait… brillante et majestueuse, pour traverser le ciel : c'était Spoutnik, le premier satellite lancé dans l'espace, qui tournait autour de la Terre.

Une douzaine d'années plus tard, le premier homme marche sur la Lune. En 1981, la première « navette spatiale », Columbia, voit le jour pour des missions scientifiques et techniques habitées. Durant quinze ans ensuite, de 1998 à 2013, diverses navettes spatiales seront utilisées pour construire la Station spatiale internationale (ISS), plus grande qu'un terrain de football, et que l'astronaute français Thomas Pesquet a rendue

célèbre. Depuis, elle est régulièrement habitée par une dizaine de cosmonautes (y compris des femmes), pour des séjours de six mois environ, au sein de trois gros laboratoires scientifiques. De ces héros de l'espace, de leur courage, nous ne savons pas tout…

— **GR**: Comme les soldats de Napoléon à la bataille d'Austerlitz, je peux dire: «J'y étais…» C'était en 2018 ou 2019, je ne sais plus. Lors d'une mission comme les autres, l'ISS était alors occupée par onze cosmonautes (dont deux femmes) de nationalités différentes, présents en moyenne pour six mois. En l'absence de pesanteur, les corps flottaient, mais chacun était concentré sur son emploi du temps. Le plus bizarre, ce sont tous ces levers et couchers de soleil presque toutes les heures. Comme le Petit Prince, je m'inquiète pour l'allumeur de réverbères! Où sommes-nous exactement?

— **LP :** L'ISS se déplace sur son orbite située à 400 km de la terre à près de 28 000 km/h et fait seize fois le tour de la terre en vingt-quatre heures soit seize couchers de soleil au lieu d'un.

— **GR :** Remarque que ça ne m'impressionne pas trop, car, dans le corps humain, les vaisseaux sanguins que nous devons parcourir représentent, mis bout à bout, 100 000 km, soit deux fois et demie le tour de la Terre ! Ce parcours est à réaliser toutes les secondes ou plus, mais nous nous partageons le travail…

— **LP :** Les cosmonautes, eux, ont tous personnellement des responsabilités très variées. Ils ont été sélectionnés parmi les meilleurs pilotes de chasse, ingénieurs, scientifiques et doivent acquérir des connaissances en informatique, robotique, biologie et médecine. Ils doivent être en parfaite santé et suivent un entraînement physique poussé avant d'embarquer pour l'espace.

— **GR :** Oui, j'ai bien vu leur emploi du temps là-haut : levés à 6 heures, ils ont rendez-vous à 7 heures chaque jour avec les équipes sur la Terre pour une conférence audio. Le matin est réservé aux expériences scientifiques et, après un léger repas, ils s'occupent d'entretenir la station.

Vers 17 heures : séance de sport obligatoire pour entretenir les muscles et les os, mis à mal dans l'espace. Le soir, le repas « personnalisé » est pris en commun : un plat déshydraté dans lequel on injecte de l'eau chaude. Ensuite, quartier libre, comme le week-end pour les loisirs (lecture, musique, films) ou les communications avec la Terre.

— **LP** : Ils méritent bien de se reposer après dix heures de travail quotidien et de penser à leurs familles et à tous les terriens : ils peuvent aller dans la Cupola, d'où ils ont une vue panoramique, et prendre des photos comme celles que nous envoyait régulièrement Thomas Pesquet.

— **GR** : Mais assez vite quelque chose m'a inquiété : j'ai remarqué chez l'un de mes hôtes, comme une difficulté à circuler au niveau du cou, le sang était comme ralenti, c'est une impression bizarre, presque rien au début. Et plus le temps passait, plus c'était difficile au niveau d'une veine profonde du cou. Une sorte de caillot se formait, un peu ce que je connaissais dans les veines des jambes, mais jamais au niveau du cou, de mémoire de globule rouge, jamais.

— **LP** : J'admire ta perspicacité. Il arrive que des conditions anormales dans le sang artériel ou veineux entraînent une coagulation pathologique : ce caillot anormal est appelé thrombus. On connaît ce phénomène au niveau des veines profondes des jambes après de longs voyages en avion : on conseille de boire beaucoup, de bouger, de mettre des bas de contention et même de petites doses de fluidifiant du sang (aspirine) pour éviter ce type d'accident. Parfois, de petites parties du thrombus se détachent et sont emportées dans les poumons, à la descente de l'avion ou au retour à domicile : c'est l'embolie pulmonaire, qui doit être traitée dans un service d'urgence.

— **GR** : En effet, c'est ça, un thrombus, j'ai entendu ce mot le 50e jour : comme je l'avais bien vu en passant, un thrombus s'était formé. Voilà comment ce diagnostic est arrivé : les onze cosmonautes avaient la charge d'un programme de recherche sur eux-mêmes, justement sur la circulation du sang. Du fait du manque de pesanteur, je vois bien que le sang, au lieu de descendre dans les jambes comme sur la Terre ou en avion, a tendance à monter vers la tête. Donc, me disais-je, pas de risque de thrombose veineuse. C'était sans compter ce que devait découvrir la sonde à ultrasons que l'on promène le long des vaisseaux pour savoir ce qui s'y passe.

— **LP** : C'est l'examen Doppler, pratiqué souvent dans les hôpitaux pour explorer les vaisseaux. Les ultrasons envoyés par la sonde sont réfléchis par les globules rouges en mouvement. Les images que chacun a recueillies sont envoyées sur Terre vers l'équipe médicale en charge de ce programme de recherche. Stupeur : ce qui ne devait être qu'une routine de recherche sur ces cosmonautes en bonne santé ayant tous subi le même examen avant de partir devient soudain un cauchemar.

Que faire ? Les équipes au sol s'interrogent. Soigner selon les données de la science comme le recommande le devoir médical ? On a beau chercher, il n'y a absolument aucune donnée retrouvée supposant qu'un tel mécanisme de thrombus soit déjà connu et ait été traité. Les données recueillies sur l'ensemble des cosmonautes permettent de comprendre en partie ce qui s'est passé : le ralentissement du sang, voire la stagnation ou l'inversion de circulation se retrouvent chez plus de la moitié des cosmonautes. C'est bien l'effet de l'espace et de l'absence de pesanteur qui est en cause, comme le suggère aussi la mesure des diamètres des veines du cou dilatées chez tous. Aucun facteur familial de prédisposition n'est mis en évidence.

Devant le risque, tout à fait inconnu, de laisser se détacher une fraction du thrombus vers des veines du cerveau, il est décidé, en concertation internationale, d'utiliser les médicaments anticoagulants disponibles dans la station. Ce ne sont pas les plus adaptés, mais ils permettent d'attendre jusqu'à l'envoi depuis la Terre de molécules plus performantes.

— **GR** : On attend un cargo spatial qui passe tous les mois pour livrer oxygène, nourriture, eau, matériel scientifique et pièces de maintenance, dont le bras-robot assure la décharge. Il reprend les déchets produits au cours du mois. Mais pas question de repartir avec le malade, car le cargo se détruit au retour lors de sa rentrée dans l'atmosphère. Les nouveaux médicaments arrivent enfin et la mission de chacun se poursuit toujours avec la même rigueur. Le traitement réduit le volume du thrombus, mais que va-t-il se passer à l'atterrissage après six mois d'espace ?

— **LP :** Un examen Doppler pratiqué juste à l'arrivée montre que le thrombus n'est plus flottant, mais plaqué contre la paroi du fait des changements de pression. Il se résorbera en une dizaine de jours. Les résultats scientifiques sont publiés en 2020, mais les dates des faits ne seront pas rendues publiques. Les auteurs indiquent en conclusion qu'il faudra tenir compte de ce risque pour les vols beaucoup plus longs prévus vers la Lune et Mars.

— **GR :** En plus des dates, beaucoup de mystères subsistent : s'agissait-il d'un homme ou d'une femme, de quel âge ? De quelle nationalité : russe, japonaise ou française ? Secret médical oblige, on ne le saura jamais, à moins que l'intéressé(e) ne se décide un jour lointain à raconter ses mémoires, ses angoisses et celles de sa famille. Il ne semble jamais avoir été question de rapatriement sur terre : c'est un don de soi total corps et âme aux progrès de la science. Quoi qu'il en soit, celle-là (ou celui-là) mérite notre hommage, de par la discrétion même qui l'entoure.

— **LP :** La conquête de l'espace se poursuit : en 2024, le programme Artemis envisage d'envoyer sur la Lune un homme et une femme. En 2035, c'est sur Mars, la planète rouge, que les humains devraient se poser. Les robots et des sondes sont à l'œuvre à 62 millions de kilomètres. Ils ont découvert que l'eau y a existé (il en reste un peu !), qu'il y a de l'oxygène et surtout beaucoup de minéraux.

## LES ANIMAUX MARINS ET LE TRANSPORT DE L'OXYGÈNE

> « La vie est née dans l'eau et cette eau est le berceau de la biodiversité tout entière. »
> (Alain Renaudin, *Quand la nature inspire l'innovation*)

Les animaux marins sont parmi les plus anciens apparus sur la planète et n'ont pas toujours d'hémoglobine. Tous bénéficient de la fameuse « poussée d'Archimède » qui permet de dépenser moins d'énergie. Les plus simples vivent en utilisant l'oxygène dissous dans l'eau, comme les méduses, les étoiles de mer et les oursins. Les poissons ont beaucoup amélioré ce système, ils ont des globules rouges et ont développé des branchies très efficaces. Il existe aussi dans la mer des animaux qui nous ressemblent : les dauphins et les baleines sont, comme nous, des mammifères, mais de loin les plus étonnants en termes de respiration.

— **GR :** C'est ceux-là que je connais bien et je dois dire que je suis vraiment émerveillé. Me voilà en plein océan à l'intérieur d'un dauphin, invité par mes collègues globules. Les poumons se déploient comme ceux des humains et inspirent à très grande vitesse un énorme volume d'air à travers un petit trou appelé « évent », une à deux fois par minute. Je vois dans les parois des alvéoles pulmonaires non pas une, mais deux couches de petits vaisseaux capillaires avec une zone d'échanges doublée.

— **LP :** Les dauphins renouvellent à chaque mouvement respiratoire 80 à 90 % l'air de leurs poumons contre 20 % chez l'humain. De plus, l'évent et les voies digestives sont complètement séparés, si bien que le dauphin peut manger sans gêner la respiration et vice versa. Le corps du dauphin contient aussi deux fois plus de sang que l'humain : 15 % du poids du corps contre 7 % chez l'homme.

— **GR :** Ce n'est pas mal, par ici : il y a tout un réseau de petits vaisseaux, les bien nommés « réseaux admirables », pleins de globules prêts à servir. En plus, quand le dauphin plonge, nous allons prioritairement dans le cœur et le cerveau pour distribuer l'oxygène à ces organes vitaux.

— **LP** : Le dauphin possède des réserves d'oxygène très importantes grâce à une molécule musculaire voisine de l'hémoglobine : c'est la myoglobine, qui n'existe qu'en très petite quantité chez l'Homme. Elle permet au dauphin de stocker de grandes réserves d'oxygène. La nuit, le dauphin ne dort que d'un œil, ou plutôt que d'un cerveau, semble-t-il. Il dort alternativement sur le côté gauche, puis droit, avec une moitié du cerveau en éveil qui pourra donner le signal du besoin de respirer, car chez lui la respiration n'est pas automatique.

— **GR** : Déjà la nuit ? Hé, là-haut ! Je ne vais pas passer la nuit ici, quand même ! Je n'ai pas l'habitude de voyager en sous-marin. C'est quand qu'on remonte ?

— **LP** : Eh, petit, n'avais-tu pas compris que tous ces magnifiques dispositifs étaient destinés à allonger les temps de plongée ? Tu es tombé sur un rorqual qui peut rester jusqu'à 40 minutes en apnée, c'est-à-dire sans remonter à la surface pour respirer.

— **GR** : C'est un piège ? La prochaine fois, je me ferai inviter chez une baleine.

— **LP** : Mais bien sûr ! Tu vas te laisser attirer par les apparences, par la beauté de l'expiration qui ressemble à un geyser avec ses feux d'artifices de gouttelettes d'eau. Malheureux ! C'est un mammifère marin, lui aussi.

Sais-tu que le record absolu de durée d'apnée en

plongée est détenu justement par une baleine à bec de Cuvier, record enregistré au large de la Californie : 137,5 minutes. Elle a damé le pion au phoque qui détenait le record de 120 minutes, à comparer à celui de l'homme de 11 minutes 37 !

— **GR :** Tu me donnes le vertige. Parle-moi plutôt des animaux marins que je ne connais pas. Comment font-ils pour transporter l'oxygène aux organes et aux cellules sans hémoglobine ?

— **LP :** Les méduses, étoiles de mer et oursins sont les animaux parmi les plus anciennement apparus sur la planète. Ils dépensent peu d'énergie, donc consomment peu d'oxygène. La méduse, par exemple, formée d'une seule cavité, flotte entre deux eaux, emportée par les courants. Cette cavité sert à la fois à la digestion et à la reproduction, le tout baignant dans une sorte de gelée où sont dissous l'oxygène et le $CO_2$.

Les échanges se font lentement par simple diffusion, sans autre moyen de transport. Mais la méduse n'est pas pressée : elle attend juste sa proie pour bien la piquer avec ses filaments, au fil de l'eau, au hasard des rencontres. C'est peut-être ce moyen de défense particulièrement agressif qui lui a permis de traverser les millions d'années jusqu'à nous. Attention sur les plages : certaines personnes prédisposées aux graves réactions allergiques doivent avoir dans leur sac une seringue de médicament à la cortisone.

— **GR :** Bon, je préfère encore les baleines et les dauphins. Qu'en est-il des autres ? Ont-ils des transporteurs d'oxygène ?

— **LP :** Oui ! Certains ont des transporteurs d'oxygène. Chez les invertébrés, les crustacés font partie, comme les insectes, des « arthropodes », car ils ont des carapaces externes. Le sang est remplacé par l'hémolymphe qui contient de l'hémocyanine (du grec *kyanos*, « bleu »). C'est un transporteur d'oxygène de structure voisine de l'hémoglobine, avec des atomes de cuivre à la place du fer. Au lieu d'apparaître rouge comme le sang, l'oxygénation du cuivre lui donnera une couleur bleue ou bleu-vert.

La « limule », appelée « crabe fer à cheval » ou « crabe bleu », trouvée en Guadeloupe, n'est pas vraiment un crabe. C'est une lignée d'arthropodes très ancienne, entre les crabes et les araignées, qui la fait considérer comme un véritable « fossile vivant ». Elle date de 450 millions d'années et a résisté mieux que les dinosaures à plusieurs causes d'extinction. L'hémolymphe de cette limule est une extraordinaire ressource pour la santé, car elle contient un réactif permettant de détecter la présence de bactéries dans le matériel médical, injectable ou implantable.

— **GR** : Espérons quand même que cette propriété issue du plus profond des âges ne soit pas surexploitée par l'Homme ?

— **LP** : La limule, ce beau « crabe » bleu fer à cheval, est classée par l'Union internationale pour la conservation de la nature comme espèce « quasi menacée ». C'est pourquoi les limules sont remises dans leur milieu naturel après prélèvement de 30 % du volume de leur hémolymphe.

— **GR** : Et les poissons, avec leurs branchies ?

— **LP** : L'eau entre par la bouche du poisson, traverse les branchies et ressort par les opercules. Au niveau des lamelles branchiales, elle est ralentie dans un réseau de filaments. Chaque filament reçoit du sang artériel et rejette du sang veineux. C'est un véritable réseau capillaire avec une surface d'échange démultipliée des millions de fois. Grâce à cette grande surface et du temps mis à la parcourir, les échanges gazeux gagnent en efficacité. Ainsi, les poissons ont connu une prolifération en milliers d'espèces qui peuplent océans, mers et rivières sous toutes les latitudes, avec des muscles bien oxygénés et des nageoires qui les rendent très agiles pour échapper aux prédateurs.

— **GR**: Les poissons ont-ils un cœur?

— **LP**: Bien sûr, mais avec un seul circuit de circulation, plus simple que le nôtre: le sang est envoyé par le cœur dans les capillaires des branchies pour s'oxygéner. Il continue vers les organes avec un deuxième réseau capillaire pour apporter l'oxygène et prendre le $CO_2$ avec un nouveau retour au cœur qui termine la boucle.

— **GR**: Et l'hémoglobine?

— **LP**: Les poissons ont de petits globules rouges et de l'hémoglobine, comme tous les vertébrés, sauf le poisson des glaces, unique en son genre. Il vit dans les glaces du pôle Sud, très riches en oxygène. Ses branchies apparaissent blanches, l'oxygène est absorbé par la peau et diffuse dans le sang. Son principal problème reste la température: il risquerait de geler, mais une protéine «antigel» produite par le foie limite la formation des cristaux de glace.

— **GR**: Belle leçon de technologie, apparue bien

avant que l'Homme n'existe. Je reconnais que l'hémoglobine n'est pas la seule idée géniale de la nature. Bravo, donc, les poissons, avec leurs branchies ou leur antigel, animaux sur lesquels personne au départ n'aurait parié.

## LES PREMIÈRES CHIMIOTHÉRAPIES ET LA SUITE

> « S'il n'y avait pas la science, combien d'entre nous pourraient profiter de leur cancer pendant plus de cinq ans ? »
> (Pierre Desproges)

La leucémie, maladie du « sang blanc » (du grec *leukos*, « blanc » et *haïmos*, « sang ») est décrite en 1839 à l'Hôtel-Dieu de Paris par une analyse au microscope de la composition du sang. La moitié des globules du sang sont des blancs, alors que normalement c'est environ 1 blanc pour 1 000 rouges. À cette époque, les leucémies sont fatales, en quelques semaines (leucémies aiguës) ou à plus longue échéance (leucémies chroniques).

— **GR** : J'ai connu cela. Pour moi, c'est terrible, nous les globules rouges devenons rares, car la moelle ne fabrique que des blancs. Le transport d'oxygène est limité faute de transporteurs.

— **LP** : La rate et les ganglions sont gros, les saignements, l'amaigrissement, la pâleur, les infections, l'épuisement ont vite raison de ces malades souvent très jeunes. Parallèlement, les connaissances progressent sur l'origine des globules, à savoir la moelle des os.

Bientôt, c'est la ponction de moelle, analysée au microscope, qui assure le diagnostic : la maturation des cellules est anarchique, les globules blancs se multiplient sans contrôle. C'est un cancer. Ils dominent et empêchent la production des autres cellules, globules rouges et plaquettes, d'où menace sur la vie par manque d'oxygène et saignements.

— **GR** : Et le traitement ?

— **LP** : En 1947, aucune thérapeutique tentée n'a encore vraiment fait ses preuves. Les guerres allaient faire découvrir le premier traitement chimique des cancers, jusque-là traités par la chirurgie et l'irradiation. Une des armes les plus terrifiantes de la Première Guerre mondiale : le gaz « moutarde », appelé aussi Ypérite, car utilisé à Ypres en Belgique, fut à l'origine des premières chimiothérapies.

Au cours de la Seconde Guerre mondiale, un cargo américain au sud de l'Italie explose dans les combats, libérant des tonnes de gaz moutarde avec des conséquences tragiques. Les rescapés sont pris en charge par des médecins spécialistes qui constatent la destruction des cellules en phase de multiplication, comme celles de la moelle osseuse. Cette découverte permet le traitement des leucémies, puis d'autres cancers avec la même idée : détruire les cellules au cours de leur multiplication rapide et anarchique, typique de tous les cancers.

— **GR :** Maintenant, on guérit les leucémies ?

— **LP :** Tout au long du XXe siècle et jusqu'aujourd'hui, les progrès thérapeutiques sont continus pour traiter les leucémies et de nouveaux protocoles de plus en plus sophistiqués sont mis au point. En 1981, on guérissait déjà 50 % des leucémies aiguës de l'enfant, aujourd'hui, 80 %, et dans certaines formes jusqu'à 95 %.

— **GR :** Et les greffes de moelle ?

— **LP :** Les premières tentatives ont été couronnées de certains succès, mais aussi d'échecs décourageants. Très schématiquement, il faut d'abord détruire par irradiation la moelle des os du receveur et introduire par voie veineuse les cellules saines d'un donneur de la famille proche qui vont s'implanter dans la moelle désertifiée. Une meilleure connaissance des incompatibilités paraissait nécessaire pour expliquer les échecs.

En 1958, un jeune hématologue et chercheur, Jean Dausset, futur prix Nobel, fait la découverte fondamentale d'un nouveau système d'incompatibilité tissulaire appelé « système HLA », qui permet avec une très grande sécurité de sélectionner les donneurs. La greffe de moelle est encore utilisée aujourd'hui dans les cas où elle peut seule sauver la vie quand les autres traitements ont échoué. On peut aussi utiliser cette technique lourde lors des destructions massives de moelle dans des accidents industriels, car c'est un tissu fragile très sensible aux toxiques et aux radiations, comme à Tchernobyl.

— **GR** : Mais j'aimerais aussi savoir, à propos des cancers, pourquoi des cellules se mettent à se multiplier aussi sournoisement, avec des conséquences aussi graves ? Moi, je vois que le développement d'une tumeur cancéreuse demande beaucoup de sang. Il se forme de nouveaux vaisseaux, qui parfois saignent, et où nous ne pouvons pas refuser d'aller. Ça me pose des problèmes de conscience, quand même…

— **LP** : La cause des cancers n'est pas encore connue avec certitude, ce qui n'a pas empêché d'énormes progrès dans les cinquante dernières années : nouvelles chimiothérapies* et radiothérapies** mieux ciblées, et surtout de nouveaux médicaments qui stimulent les défenses immunitaires des patients contre la tumeur. Le souci immédiat des médecins est de détecter rapidement un cancer et de le traiter au mieux selon les données scientifiques du moment. Ils ne peuvent pas toujours répondre aux questions des patients sur les causes de leur cancer.

---

*Traitement par agents chimiques.

**Traitement par radiations.

— **GR**: Mais des pistes, quand même ?

— **LP** : Avec beaucoup de prudence, je dirais qu'il s'agit probablement de plusieurs causes combinées, différemment selon les types de cancers. Les données actuelles montrent soit une prédisposition génétique, soit un déficit en défenses immunitaires. Les autres causes les mieux connues sont les toxiques de l'environnement : alimentation, tabac, pollution de l'air et des eaux, qui ont pu être testés par la recherche en laboratoire sur des cultures cellulaires. Reste à savoir comment toutes ces causes se combinent pour un malade donné. Tout cela conduit à des progrès sur les traitements et sur la prévention, mais cette recherche des causes est infinie, car plus on avance dans la connaissance et plus on perçoit l'étendue de ce qu'il reste à connaître.

— **LP** : C'est un peu comme dans le cosmos, alors ? Plus on avance et plus les espaces inconnus paraissent infinis…

## UNE MALADIE QUI PROTÈGE ET DES GÈNES VOYAGEURS

« L'étude du sang a apporté une contribution inestimable à l'histoire de l'homme, en reconstituant les migrations modernes et anciennes. »
(Jean Bernard, *Le Sang des hommes*)

Une curieuse maladie, la drépanocytose, a d'abord été décrite en 1910 non pas en Afrique, où elle sévit très largement, mais aux États-Unis, chez des enfants d'esclaves noirs déportés d'Afrique. On découvre alors chez ces enfants pâles et fragiles une anémie avec des globules « falciforme » (en forme de faucille). On retrouvera la maladie également en Inde dans les zones humides.

— **GR** : Je vois de quoi tu veux parler : dans les années 1980, me trouvant à Paris, nous voilà serrés dans une multitude de tubes dans un laboratoire dédié à l'étude des maladies génétiques de l'hémoglobine. D'emblée, je vois autour de moi ces drôles de globules qui ont l'air vraiment fatigués. Moi-même, je sens que je vais défaillir. Mais que se passe-t-il ?

— **LP** : Il s'agit du laboratoire où a été étudié le sang de près de 15 000 migrants, installés dans la région parisienne pour l'étude de la drépanocytose en vue de mettre en place des systèmes de prévention. Étude déjà évoquée à propos de la thalassémie. Ces scientifiques considèrent les migrations comme des activités humaines naturelles qui ont jalonné l'histoire de l'humanité. L'hématologie fut pionnière en ce sens, avec sa « géographie hématologique » permettant d'étudier non seulement le présent, mais aussi l'histoire de migrations très anciennes.

— **GR :** Cette maladie est-elle grave ?

— **LP :** Oui, la drépanocytose est grave si elle est transmise par les deux parents. L'anémie est due à la production au niveau de la moelle d'une hémoglobine anormale, l'hémoglobine S, par la mutation d'un gène. Si les deux parents portent ce gène muté, l'enfant pourra porter les deux gènes et avoir la maladie. Souvent mortelle, elle apparaît dès l'enfance, touche tous les organes avec des crises douloureuses, des accidents vasculaires au niveau du cœur, du cerveau, des jambes en particulier. Sous l'influence de la baisse d'oxygène, les globules se déforment, sont détruits et se déposent en amas, empêchant la circulation. Cette maladie touche un nouveau-né sur 765 en région parisienne et un sur 500 dans les départements d'outre-mer.

— **GR :** Y a-t-il des traitements ?

— **LP :** Le diagnostic étant fait très tôt après la naissance, la prise en charge et le suivi sont organisés. Les traitements utilisent, suivant les cas des antalgiques (contre la douleur), des anti-inflammatoires, des antibiotiques. Dans certains cas, une hospitalisation est nécessaire, avec mise sous oxygène et parfois remplacement d'une partie du sang avec des transfusions de globules sains. Il existe également des médicaments stimulant la moelle des os pour produire une hémoglobine fonctionnelle.

— **GR** : Et si l'enfant ne porte qu'un seul gène muté issu d'un seul parent ?

— **LP** : Dans ce cas, il peut avoir une très légère anémie sans conséquences sur sa santé. Mais, plus tard, un mariage avec une personne ayant aussi un gène muté peut faire naître un enfant porteur de la maladie, une fois sur quatre. D'où l'intérêt des consultations de conseil génétique et de suivi des grossesses pour faire diminuer l'impact de la maladie par transmission. Un diagnostic prénatal est réalisé à partir d'une goutte de sang de la mère et un avortement thérapeutique est éventuellement proposé. De plus, les chercheurs ont découvert un phénomène extraordinaire : l'enfant porteur du gène de la drépanocytose est protégé contre une autre maladie qui sévit à peu près dans les mêmes zones géographiques. Dans les basses terres marécageuses infestées de moustiques, certains se nourrissent de sang et déposent un parasite dans les globules : c'est le paludisme ou malaria.

— **GR** : En général, le cumul de plusieurs maladies n'est pas bon pour la santé ! Mais, attends, je crois comprendre, car nous avons déjà parlé du paludisme : ce moustique n'aimerait-il pas cette hémoglobine S ?

— **LP** : En effet : au microscope les chercheurs ont observé que les parasites pénètrent dans les globules rouges, mais ont un retard de croissance dans ceux à hémoglobine S. Ce sont de fins gourmets qui se nourrissent de protides, mais pas n'importe lesquels : ils ne veulent que de l'hémoglobine normale, de premier choix !

— **GR** : Mais alors la nature a trouvé un moyen de protéger ces enfants ? C'est magnifique ! Une maladie qui protège d'une autre, c'est quand même rare !

— **LP** : La suite de l'aventure, c'est qu'à partir de telles découvertes génétiques, les hématologues, explorateurs modernes, se sont transformés en géographes et en historiens des migrations humaines. L'espèce humaine a en commun un certain nombre de gènes, mais chaque individu est unique par des variations infimes que l'on peut suivre à la trace.

— **GR** : Par exemple, quelles sont ces traces infimes ?

— **LP** : Le sang de chaque individu est le miroir non seulement de l'endroit où il vit, mais aussi de celui où il a vécu : les gènes actuels lui ont été transmis par ses ancêtres. Par exemple, les Basques ont des gènes particuliers avec certains groupes sanguins prédominants (O surtout). La répartition de ces gènes au Pays basque et dans les alentours correspond aux aires de diffusion de la langue et des pratiques ancestrales du droit coutumier. On peut savoir aussi jusqu'où ils se sont aventurés : en réalité, pas très loin !

Au contraire, au Venezuela, l'étude d'un groupe sanguin particulier a permis de suivre le grand périple d'une population asiatique venue de Chine par l'isthme de Behring (pas encore immergé), aventure migratoire que la mémoire des Hommes avait oubliée.

— **GR** : Mais l'Homme semble le seul animal capable de s'adapter à toutes les latitudes et tous les climats, en altitude comme au bord de la mer ?

— **LP** : En effet, cette diversité d'habitat va laisser des traces dans le sang, qui est le miroir de toutes les influences, agressions et changements. L'altitude augmente le nombre de globules rouges de toutes les populations des Andes qui vivent sur les hauts plateaux.

Sur la momie égyptienne d'un tisserand du Nil, on a trouvé des parasites des marécages et des globules rouges reconnaissables à leur forme aplatie. Comme son nom, Nakht, gravé dans la pierre, on a pu retrouver son groupe sanguin (B) inscrit dans ses globules rouges 1 150 ans avant J.-C.

— **GR** : Fabuleux ! Mais est-ce que les caractères du sang peuvent refléter vraiment la culture ?

— **LP** : Dans un sens, oui, car ils se montrent plus solides que la culture qu'ils reflètent, même quand celle-ci a presque disparu. Pour en revenir aux groupes sanguins, les hématologues en dressent une cartographie dans « l'Extrême Occident », à savoir Bretagne, Normandie, Pays de Galles, Écosse, Irlande, refoulés par des envahisseurs venus de l'Est. Ces populations ont en commun non seulement leur profil sanguin, mais aussi leur organisation sociale, où le pouvoir et sa transmission sont matriarcaux. C'est un système très ancien, probablement vestige néolithique, où seule l'ascendance maternelle pouvait être tenue pour certaine, d'où le pouvoir de la mère.

— **GR** : Le patriarcat au sein de la famille n'est donc pas naturel et ancien ? As-tu encore beaucoup d'histoires de biologie et de culture comme celles-là ?

— **LP** : Oui, petit, c'est une histoire humaine universelle, vaste et étonnante, moins connue que celle des livres d'histoire. De l'hémoglobine du Cambodge, bien au-delà des temples d'Angkor, aux groupes sanguins du Liban ou à ceux de l'île Sakhaline, au Japon, il y a de quoi en parler encore longtemps…

— **GR** : Alors, je revendique moi aussi le droit de rêve, tout petit globule rouge que je suis… !

« Le mythe est un mensonge qui dit des vérités. »
(Henri Legamin)

La couleur rouge est un symbole universel fort et, comme tous les symboles, il est ambivalent selon ses nuances. Le rouge clair est diurne, mâle, tonique, incitant à l'action, proche du soleil. Il est signe de jeunesse, de santé, d'invitation au désir. En Afrique noire et chez les indiens d'Amérique, les jeunes gens et les jeunes filles s'enduisent d'un mélange de poudre rouge et d'huile pour les fêtes marquant leur accession à la vie d'adulte. Dans le monde occidental, presque toutes les femmes enduisent leurs lèvres de rouge, sauf en période de deuil ! En Russie, en Chine, au Japon, le rouge est couleur de fête et le riz rouge est de sortie.

Dans la tradition héraldique, l'émail rouge est la couleur la plus largement représentée. Sa signification est multiple : amour de Dieu et de son prochain, vaillance, noblesse, courage du combattant, liaison avec la planète Mars, le rubis et le corail. Mais on retrouve aussi la face sombre du symbole : cruauté, meurtre, carnage, colère, tempérée par une prescription de haute valeur morale, à savoir secourir ceux que l'on voudrait humilier.

Le rouge foncé au contraire est féminin, nocturne, secret. Il incite à la vigilance, alerte et retient : c'est le rouge des feux routiers, le signal rouge à l'entrée des studios de cinéma ou des blocs opératoires, mais aussi la lampe rouge des anciennes maisons closes, symbole de la transgression. C'est la couleur de l'âme, de la libido, du cœur, puisque aujourd'hui encore offrir des roses rouges a un sens particulier. L'Œuvre au rouge des alchimistes occidentaux, chinois ou arabes en font d'une façon ou d'une autre un symbole d'immortalité, voire d'absolu. Les « océans empourprés » des Grecs et la mer Rouge rendent comptent de cette symbolique où la vie et la mort se transmutent l'une en l'autre.

Quand le rouge devient pourpre, il est symbole du pouvoir de l'Imperator, qui s'en réserve l'usage : Rome interdit de vendre et d'acheter, sous peine de mort, les tissus pourpres réservés aux généraux patriciens et nobles. Cette pourpre, symbole de puissance, sera reprise par l'Église comme puissance spirituelle liée à Dieu : c'est la pourpre des cardinaux, les princes de l'Église. Dualité des symboles oblige, parallèlement, Méphistophélès, prince des enfers, sera représenté en cape rouge, comme le feu éternel où se consument les pêcheurs. La symbolique des couleurs dans la liturgie s'est progressivement enrichie et diversifiée sous diverses influences.

— **GR** : Et le sang qui coule ?

— **LP** : Si la couleur rouge est statique, le sang coule et c'est toute sa force, ce qui explique sans doute son universelle sacralisation. À l'origine, le sang est considéré comme la nourriture des dieux. Les civilisations précolombiennes, les Aztèques en particulier, pratiquent les sacrifices humains, coutume que le dieu de la nuit et de la mort leur a léguée. Il s'agit d'alimenter la soif des dieux protecteurs à l'occasion de grandes cérémonies pratiquées par des prêtres au sommet des pyramides. Le sacrifié peut être un chef ennemi ou un valeureux héros de la cité qui s'offre aux dieux. C'est par la mort au combat ou par sacrifice que la valorisation sociale atteint son apogée. Le sang et le corps sont consommés par les hauts dignitaires pour s'approprier leurs forces divines.

Plus souvent, dans les mythes fondateurs de diverses civilisations, on retrouve un sacrifice symbolique initial suivi de résurrection. En Égypte, par exemple, Osiris est tué par son frère pour lui ravir le trône, mais Isis, sa femme, retrouve dans le Nil le corps démembré de son époux et le momifie pour le ressusciter. De leur union naîtra Horus, qui montera sur le trône.

Dans la Bible, on retrouve cette forte valeur symbolique dans le sacrifice d'Abraham, que tous les maîtres de la peinture ont représenté. Dieu lui demande d'offrir son fils en holocauste, mais arrête à temps le geste fatal, estimant qu'il a prouvé sa foi. C'est la préfiguration de la passion du Christ, fils unique offert par Dieu en sacrifice pour la rémission des péchés des Hommes. L'agneau pascal remplacera le sacrifice du fils d'Abraham comme signe de soumission à la loi divine. Dans l'ancienne légende du roi Arthur, les chevaliers de la Table ronde partent en quête du Graal, vase mythique très convoité. Chrétien de Troyes, au Moyen Âge, le transformera en calice, dans lequel aurait été recueilli le sang du Christ. « Prenez et buvez-en tous, car ceci est la coupe de mon sang, le sang de l'alliance nouvelle, versé pour vous et pour la multitude. » Deux mille ans plus tard l'émotion est toujours aussi vive parmi les croyants.

Le mythe du sang versé, qu'il soit réel ou symbolique, est très répandu dans le monde passé et présent. Une seule goutte du sang sacrificiel suffit à rendre sacré l'objet ou le corps qu'il touche. Les rituels faisant intervenir des animaux sont extrêmement nombreux et diversifiés dans le monde. Même si en apparence il s'agit le plus souvent de saigner un animal en récitant des prières et d'en partager la chair pour un repas de communion, l'interprétation symbolique de ces gestes dépendra des croyances religieuses et de l'ordre social qui leur est associé au sein de la communauté. L'animal sacrifié peut aussi l'être à des fins divinatoires ou thérapeutiques et ces pratiques magiques sont encore connues dans certaines traditions rurales européennes.

Mais il y a sang pur et sang impur. Le sang des ennemis est impur, comme le rappelle l'hymne de la Marseillaise. Mais il est aussi un sang particulier, celui de la femme : caché, il est le symbole de la vie ; exposé le lendemain des noces, celui de la virginité ; répandu, celui de la mort et de l'impureté. D'où l'interdit qui frappe périodiquement les femmes au moment des règles dans de nombreuses sociétés. Dans la religion jaïn en Inde, à l'entrée des temples, cet interdit est clairement signifié en plusieurs langues. Dans le monde chrétien, cet interdit a longtemps touché les hommes qui, par profession, versaient le sang d'autrui, comme les bourreaux. Moins connu est le bannissement des chirurgiens en France, longtemps interdits de faculté de médecine, car ils versent le sang. Jusqu'à la Révolution, ces établissements étaient contrôlés par l'Église depuis leur création au XIIe siècle. Plus tard, chirurgiens et médecins auront enfin une formation commune.

L'interdit alimentaire du sang des animaux qu'on retrouve dans les religions juive et musulmane conduit à des rites d'abattage particuliers, casher ou halal. Dans la religion catholique, le carême, et plus particulièrement le Vendredi saint, comportent encore aujourd'hui des interdits alimentaires transitoires. Il est beaucoup plus rare que la prescription soit inverse : certaines ethnies de la forêt amazonienne ne consommeraient que des animaux à sang rouge, selon des récits de voyageurs.

Le sang versé dans certains rites de sociétés initiatiques peut avoir le sens d'une solidarité, de liens indéfectibles. L'initié donne quelques gouttes de son sang lors d'épreuves rituelles en signe de fidélité. L'incision pour échange de sang scellant une amitié dans des groupes d'adolescents n'est pas rare non plus. Le sang a été aussi de tous temps symbole des liens familiaux bien avant que ne soit connu la génétique ou les groupes sanguins, comme en témoigne l'expression familière : être du même sang.

Le sang versé peut aussi être symbole de reconnaissance patriotique et même de vengeance dans les révolutions ou les conflits entre nations, comme en témoignent certains discours mémoriels.

— **GR** : Peut-on arrêter le sang de couler ?

— **LP** : Dans les pratiques traditionnelles magico-religieuses, on trouve trace de prières spécifiques, apprises la nuit de Noël, pour arrêter les hémorragies. Les psychanalystes dans les sociétés modernes s'y sont essayé avec succès dans des cas d'hémorragies utérines ayant épuisé les possibilités de la médecine conventionnelle. En témoigne le récit *Les mots pour le dire* de Marie Cardinal. Pour tenter une explication, rappelons que le premier temps physiologique de la coagulation est une contraction des vaisseaux, par le système nerveux sympathique. Si ce temps fait défaut, l'action des plaquettes sanguines et les caillots salvateurs peuvent difficilement s'installer. C'est peut-être en partie l'explication psychosomatique de ces résultats, magiques ou non, qui supposent un dialogue fécond entre les diverses parties de notre cerveau.

L'expression « arrêter les effusions de sang » se rapporte le plus souvent aux conflits armés. Homo sapiens détient cette terrible exclusivité parmi les espèces vivantes. Pour certains généticiens, il y a plus de quarante mille ans, Cro-Magnon a éliminé Néandertal dans un combat mortel. Un gène de la violence se serait imposé comme avantage sélectif, hypothèse pessimiste loin d'être admise par tous. Comme le dit Fénelon : « Toutes les guerres sont civiles, car c'est toujours l'homme contre l'homme qui répand son propre sang. »

— **GR** : Ne nous quittons pas si vite. J'ai encore beaucoup de questions à te poser sur les mystères de la vie. Moi, si petit, je commence à exister enfin et à comprendre.

Pourrons-nous un jour poursuivre nos échanges qui mériteraient de faire couler beaucoup plus d'encre que de sang ?

— **LP** : Oui, bien sûr, mais cela sera une autre aventure. En attendant, je te laisse en compagnie d'un grand savant, Claude Bernard, sans lequel ce livre n'aurait pas existé.

# 6
# POSTFACE

# HOMMAGE À CLAUDE BERNARD

« Deux hommes de génie ont changé le monde dans la deuxième moitié du XIX^e siècle : Claude Bernard et Pasteur. Sans eux, la révolution qui se déroule actuellement en biologie et en médecine n'aurait sans doute pas eu lieu. »
(Étienne Wolff, centenaire de la mort de Claude Bernard, 1978)

Claude Bernard a créé la médecine expérimentale qui régit aujourd'hui encore les progrès de la médecine et sa pratique. Son ouvrage intitulé *Introduction à l'étude de la médecine expérimentale*, publié en 1865, s'applique à la connaissance du vivant.

L'anatomie illustrée par Léonard de Vinci a décrit les organes dès la Renaissance. Des siècles plus tard, Claude Bernard crée la physiologie qui explique comment ces organes fonctionnent. L'expérimentation est et reste nécessaire pour connaître le vivant et soigner le corps humain. C'est une révolution qui aura du mal à s'imposer au pays de Descartes, pour qui la pensée suffit à tout expliquer, pourvu qu'elle soit logique. Descartes, au XVII^e siècle, observateur de la nature, régnait en maître : d'après lui, pour connaître un tout, il suffit de bien en décrire séparément les éléments, la déduction logique fait le reste. C'est pourquoi il a publié toutes sortes d'extravagances affirmées péremptoirement concernant le vivant, aujourd'hui tombées dans l'oubli. « Dans tout cela, l'erreur foisonne », dira Jean Rostand.

La pensée de Descartes est souvent représentée par le fameux « Je pense donc je suis. ». En médecine, cela pourrait se traduire par « J'observe et je déduis, donc je connais. ». Cette méthode est inopérante et parfois dangereuse, mais cet esprit cartésien a perduré pendant tout le XVIIIe siècle, siècle des Lumières et des encyclopédistes. Un médecin de cette époque affirme : « On observe que le savon dissous les graisses, DONC, pour maigrir, il suffit de manger du savon. »

Dans ce contexte, on comprend mieux la capacité d'innovation de Claude Bernard, et peut-être sa prudence et sa modestie. Par exemple, il a montré que différents organes (foie, pancréas, glandes) interagissent pour garder constant le niveau de sucre dans le sang. Ceci à la suite de plusieurs expérimentations bloquant telle ou telle sécrétion. Il ne suffit donc pas de connaître chaque organe pris isolément, mais de considérer leurs interactions dans des « systèmes de régulation » qu'on ne peut pas déduire par la pensée. Ces systèmes d'équilibration permettent à notre organisme de garder une composition constante dont le sang est le reflet : c'est le fameux

« milieu intérieur », le plasma salé où se complaît notre globule. C'est pourquoi le médecin analysera régulièrement la composition de notre sang pour y détecter un déséquilibre : la concentration de sucre par exemple est mesurée pour anticiper le diabète, connaître sa cause, en suivre l'évolution et mettre au point des traitements.

L'ensemble coordonné des travaux de Claude Bernard sur la glycémie expose sa méthode : c'est une somme de connaissances nouvelles, étayées, organisées, résultant de travaux patients et soigneusement reproduits et recoupés. La physiologie et ses méthodes étaient nées. Comme les systèmes automatisés de climatisation modernes, notre corps est capable de maintenir constante notre température interne, tout comme la composition du sang. Cela malgré les variations de l'environnement, de l'alimentation, de l'exercice ou du sommeil, et ces « constantes » peuvent être facilement mesurées dans le sang.

La plupart de ces constantes sont dans les résultats d'examens de laboratoire que le médecin nous prescrit régulièrement : cholestérol, glucose, hormones, sels dissous, acidité, concentration en hémoglobine – la liste serait longue. D'autres « constantes » sont équilibrées par les mêmes mécanismes de régulation : la pression artérielle, la température ou l'oxygénation du sang artériel. Ces constantes « vitales » sont mesurées systématiquement à l'entrée dans un service d'urgence.

Claude Bernard aurait-il pu imaginer que sa découverte des régulations aurait un tel impact sur le quotidien de chacun de nous ? Le médecin peut détecter le passage de la santé à la maladie : qu'une valeur s'écarte de la valeur attendue, cela veut dire que les mécanismes de « régulation » sont dépassés. Cette valeur, qui figurera en gras sur les résultats, attire l'attention du médecin sur un ou plusieurs organes avant même que la maladie ne soit constituée. C'est le cas par exemple de l'augmentation du cholestérol avant les accidents cardio-vasculaires et/ou cérébraux. Ces mesures sont ainsi des éléments clés de la prévention, du diagnostic, puis du suivi des effets des médicaments.

La méthode expérimentale consiste à ne pas accepter comme vérité l'observation qui est sous nos yeux. L'observation amène une hypothèse : une expérimentation doit être imaginée pour accepter ou rejeter ce qui paraît une évidence. C'est beaucoup plus compliqué qu'une simple déduction, mais c'est indispensable parce que non prévisible par le raisonnement. Pour Claude Bernard, l'ensemble des faits prouvés par la méthode expérimentale a permis, tout en s'appuyant sur la physique et la chimie, de mettre en évidence les lois spécifiques du vivant, différentes des autres « lois de la nature » chères à Descartes : là est tout son génie.

Il ne pensait sans doute pas que sa méthode permettrait un siècle plus tard la mise au point des médicaments.

Pour tester un nouveau traitement, après des études sur les cultures cellulaires et sur l'animal, il serait dangereux de passer directement à l'être humain par simple déduction analogique. On doit passer par une phase de « recherche clinique* », avec publication des résultats. De plus, il faut un grand nombre de publications scientifiques allant dans le même sens pour qu'un résultat nouveau soit accepté par tous. Ce « consensus » prend parfois un peu de temps et, en urgence, on peut se tromper, ce qui incite à la modestie. Tel médicament prometteur peut se révéler inefficace avec le recul et l'accumulation des données. Un chercheur ou une équipe n'ont jamais tort ou raison, il ne s'agit pas d'opinions. Seuls le recul et les faits confirmés par le plus grand nombre d'équipes différentes permettent d'approcher et d'accepter raisonnablement une « vérité » nouvelle. Contrairement aux opinions et aux dogmes, la vérité scientifique est toujours provisoire et peut être remise en cause par de nouvelles techniques d'investigation, jusqu'à un nouveau « palier de consensus ».

Claude Bernard ne connut jamais de grand succès populaire, mais ses travaux eurent des conséquences majeures sur la pensée médicale. Le raisonnement seul n'était rien pour lui et il répondait toujours aux questions

---

*Recherche sur l'humain dont les méthodes sont très encadrées du point de vue scientifique et éthique.

imprégnées de logique : « Je n'en sais rien, expérimentez. » Ainsi, en coupant puis en stimulant certaines fibres nerveuses sur des animaux, il a mis en évidence le système nerveux autonome, non volontaire (sympathique et parasympathique), qui dilate ou rétrécit les vaisseaux, accélère ou ralentit le cœur et les intestins. Il a aussi étudié le mode d'action de divers poisons violents qui, disait-il, apportent des connaissances précieuses.

En résumé, on peut dire que Claude Bernard a inventé une méthode pour comprendre comment fonctionne le vivant et a ainsi révolutionné le raisonnement médical, le rendant plus efficace tant pour les soins que pour la recherche. On pourrait le comparer à Darwin, qui a inventé une méthode pour interpréter les observations des fossiles et comprendre l'évolution des espèces, souvent résumée par l'expression (d'ailleurs inexacte !) « L'Homme descend du singe. ». Tous deux, prudents, ont attendu plus de vingt ans pour publier leurs travaux, trop révolutionnaires pour leur époque, travaux que les générations suivantes enrichissent chaque jour.

« Après cent ans, cette œuvre n'a cessé de grandir et d'être non seulement admirée, mais exploitée et continuée par de lointains disciples qui se réclament d'elle. »

Cet hommage d'Étienne Wolff, rendu en 1978, est encore d'une pertinente actualité.

REMERCIEMENTS

À Gérard Nicol, critique assidu qui se définit comme naïf, pour toutes ses suggestions. Il m'a permis d'accepter le précepte de Paul Valéry sur le partage du savoir : « Tout ce qui est simple est faux, mais tout ce qui ne l'est pas est inutilisable. »

À Henri de Lota, pour sa confiance, ses encouragements, ses relectures patientes et son amitié.

*Imprimé en France par*
CPI Bussière
en mars 2023
N° d'impression : 2070810